Jack London

DIE SCHARLACHPEST

Jens Peter Jacobsen
Die Pest in Bergamo

Edgar Allan Poe
Die Maske des roten Todes

AF235432

Jack London

DIE SCHARLACHPEST

Jens Peter Jacobsen
Die Pest in Bergamo

Edgar Allan Poe
Die Maske des roten Todes

Impressum:
© 2020 Maria Weber (Hrsg.)
Herstellung und Verlag: BoD – Books on Demand, Norderstedt.
ISBN: 978-3-75191-953-1

Jack London

DIE SCHARLACHPEST

(Übersetzung: Maria Weber)

I.

DER Weg führte über das, was einst der Damm einer Eisenbahn gewesen war. Aber es war seit vielen Jahren kein Zug mehr darauf gefahren. Der Wald erhob sich zu beiden Seiten des Bahndamms und überwölbte ihn mit einem grünen Baldachin von Bäumen und Sträuchern. Der Weg war so schmal wie der Körper eines Menschen und nicht mehr als ein Trampelpfad für wilde Tiere. Hier und da wies ein Stück rostiges Eisen, das aus dem Waldboden lugte, darauf hin, daß die Schiene und die Schwellen noch immer vorhanden waren. An einer Stelle hatte ein Baum mit einem Stammdurchmesser von etwa fünfundzwanzig Zentimetern, der an einer Verbindung durchgebrochen war, das Ende einer Schiene deutlich ins Blickfeld gehoben. Augenscheinlich war die Schwelle der Schiene gefolgt und durch die Vernietung so lange an ihr festgehalten worden, bis ihr Bett mit Kies und verrottetem Laub gefüllt war, so daß das bröckelnde, verrottete Holz nun in einer seltsamen Schräglage nach oben stieß. So alt der Weg auch war, es war offensichtlich, daß es sich um Eisenbahntrasse handelte.

Ein alter Mann und ein Junge wanderten diesen Pfad entlang. Sie bewegten sich langsam, denn der alte

Mann war sehr alt, ein Anflug von Lähmung machte seine Bewegungen zittrig, und er stützte sich schwer auf seinen Stock. Eine grobe Kappe aus Ziegenleder schützte seinen Kopf vor der Sonne. Darunter fiel ein schütterer Kranz aus verdrecktem und schmutzig-weißem Haar herab. Ein Schirm, raffiniert aus einem großen Blatt gefertigt, schützte seine Augen, und unter diesem hindurch schaute er, während er dem Pfad folgte, auf seine Füße. Sein Bart, der eigentlich schneeweiß hätte sein sollen, aber die gleiche Ver-witterung und den gleichen Verschmutzungsgrad wie sein Haar zeigte, fiel in einem verfilzten Gewirr fast bis zu seiner Taille. Seine Brust und seine Schultern waren von einem einzelnen, abgewetzten Kleidungs-stück aus Ziegenleder bedeckt. Seine Arme und Beine, welk und dünn, wiesen auf ein hohes Alter hin, ebenso wie die Sonnenbräune, Narben und Kratzer darauf auf lange Jahre hinwiesen, in denen sie den Elementen ausgesetzt gewesen waren.

Der Junge, der voranging und den Eifer seiner Muskeln wegen des langsamen Vorankommens des Älteren zügelte, trug ebenfalls ein einziges Kleidungs-stück – ein zerlumptes Stück Bärenhaut mit einem Loch in der Mitte, durch das er seinen Kopf gesteckt hatte. Er kann nicht älter als zwölf Jahre gewesen sein. Der frisch abgetrennte Schwanz eines Schweins war neckisch über ein Ohr gesteckt. In einer Hand trug er einen mittelgroßen Bogen und einen Pfeil. Auf seinem Rücken hing ein Köcher voller Pfeile. Aus einer Scheide, die an einem Riemen um seinen Hals hing, ragte der abgenutzte Griff eines Jagdmessers hervor. Er war sonnengebräunt und ging vorsichtig, mit einem fast katzenartigen Tritt. Im deutlichen Kontrast zu seiner sonnenverbrannten Haut waren seine Augen blau, tiefblau, aber sie zeigten einen kühnen und scharfen Blick. Sie wirkten, als sei er daran gewohnt, sie in alles um ihn herum zu bohren. Während er ging, witterte er auch Dinge, seine geblähten, zitternden Nüstern trugen eine endlose Reihe von Botschaften aus der Außenwelt an sein Gehirn. Außerdem verfügte er über ein scharfes Gehör, das so geschult war, daß es automatisch funktionierte. Ohne bewußte Anstrengung hörte er die leisesten Geräusche in der scheinbaren Stille – hörte, unterschied und bewertete diese Geräusche –, ob es sich dabei um den Wind handelte, der Blätter zum Rascheln brachte, um das Summen von Bienen und Mücken, um das ferne Tosen des Meeres, das ihm nur gelegentlich zugetragen wurde, oder um ein Erdhörnchen, das unmittelbar unter seinem Fuß eine Backentasche voller Erde in den Eingang seines Baus schob.

Plötzlich spannte sich sein Körper voller Wachsamkeit. Schall, Sicht und Geruch hatten ihn gleichzeitig gewarnt. Seine Hand fuhr nach hinten zu dem alten Mann, berührte ihn, und das Paar stand still. Vor ihnen, auf einer Seite des Dammes, erhob sich ein knisterndes Geräusch, und der Blick des Jungen war auf die Spitzen der in Bewegung geratenen Büsche gerichtet. Dann stürzte ein großer Bär, ein Grizzly, in ihr Sichtfeld und blieb beim Anblick der Menschen ebenfalls abrupt stehen. Er mochte sie nicht und knurrte ungehalten. Langsam legte der Junge den Pfeil in den Bogen, und langsam zog er die Bogensehne straff. Aber niemals nahm er seine Augen von dem Bären. Der alte Mann blickte unter seinem grünen Blatt hervor auf die Gefahr, und stand ebenso still wie der Junge. Einige Sekunden lang dauerte dieses gegenseitige Beäugen; dann, als der Bär eine wachsende Reizbarkeit verriet, deutete der Junge mit einer Kopfbewegung an, daß der alte Mann den Weg verlassen und die Böschung hinuntergehen müsse. Der Junge folgte ihm rückwärts gehend und hielt dabei den Bogen immer gespannt und bereit. Sie warteten, bis ein Krachen zwischen den Büschen auf der gegenüberliegenden Seite des Dammes ihnen mitteilte, daß der Bär weitergegangen war. Der Junge grinste, als er zurück zum Pfad ging.

„Ein Großer, Großvater", kicherte er.

Der alte Mann schüttelte den Kopf.

„Sie werden jeden Tag größer", klagte er in einem dünnen, zittrigen Falsett. „Wer hätte gedacht, daß ich einmal eine Zeit erleben würde, in der ein Mann auf dem Weg zum Cliff House um sein Leben fürchten müßte. Als ich ein Junge war, Edwin, kamen an einem schönen Tag Zehntausende von Männern und Frauen und kleine Babys aus San Francisco hierher. Und damals gab es keine Bären. Im Gegenteil, sie bezahlten Geld, um sie in Käfigen zu sehen, so selten waren sie."

„Was ist Geld, Großvater?"

Bevor der alte Mann antworten konnte, erinnerte sich der Junge und steckte triumphierend seine Hand in einen Beutel unter seinem Bärenfell und holte einen zerschrammten und angelaufenen Silberdollar hervor.

Die Augen des alten Mannes glitzerten, als er die Münze nahe vor sie hielt.

„Ich kann nichts sehen", murmelte er. „Sieh nach, ob du das Datum erkennen kannst, Edwin."

Der Junge lachte.

„Du bist ein lustiger Großvater", rief er fröhlich, „daß du einen immer glauben lassen willst, daß die kleinen Markierungen etwas bedeuten"

Der alte Mann nahm eine mürrische Miene an, als er die Münze wieder nahe vor seine eigenen Augen brachte.

„2012", rief er grell aus und verfiel dann in ein groteskes Gackern. „Das war das Jahr, in dem Morgan der Fünfte vom Rat der Magnaten zum Präsidenten der Vereinigten Staaten ernannt wurde. Es muß eine der letzten Münzen gewesen sein, die geprägt wurden, denn 2013 kam der Scharlachrote Tod. Gott! Wenn ich nur daran denke! Vor sechzig Jahren, und ich bin der einzige heute noch lebende Mensch, der in jenen Zeiten gelebt hat. Wo hast du sie gefunden, Edwin?"

Der Junge, der ihn mit jener nachsichtigen Neugierde betrachtet hatte, die man dem Geschwätz der Schwachsinnigen zugesteht, antwortete prompt.

„Ich habe sie von Huhu. Er fand sie, als wir letzten Frühling in der Nähe von San José Ziegen hüteten.

Huhu sagte, es sei *Geld*. Bist du nicht hungrig, Großvater?"

Der Alte packte seinen Stab fester und drängte den
Weg entlang, seine alten Augen leuchteten gierig.

„Ich hoffe, Hasenscharte hat einen Krebs gefunden
... oder zwei", murmelte er. „Sie sind gut zu essen, die
Krebse, mächtig gut zu essen, wenn man keine Zähne
mehr hat und Enkel hat, die ihren alten Großvater
lieben und sich bemühen, Krebse für ihn zu fangen.
Als ich ein Junge war..."

Doch Edwin, der plötzlich wegen etwas, das er sah,
stehen blieb, spannte die Bogensehne an einem ange-
legten Pfeil. Er hatte am Rande einer Spalte in der
Böschung innegehalten. Ein alter Durchlaß war hier
unterspült worden, und der Bach, der nicht mehr
eingedämmt war, hatte einen Durchgang durch die
Aufschüttung geschnitten. Auf der gegenüberliegenden Seite ragte das Ende einer Schiene heraus und
beschirmte ihn. Sie zeigte sich rostig durch die Kriech-
pflanzen, die sie überrankten. Dahinter, neben einem
Busch kauernd, blickte ein Kaninchen in zitterndem
Verzagen zu ihm hinüber. Ganze fünfzig Fuß war die
Entfernung, aber der Pfeil schoß blitzend los, und das
durchbohrte Kaninchen schrie in plötzlichem Schrek-
ken und Schmerz auf und versuchte, in das Gebüsch
zurückzukriechen. Der Junge wiederum war ein Auf-
blitzen aus brauner Haut und fliegendem Fell, als er
den Abhang hinab und auf der anderen Seite hinauf
sprang. Seine schlanken Muskeln waren wie Stahlfe-
dern, die sich in anmutiger Spannkraft bewegten. Etwa

dreißig Meter dahinter, in einem Gewirr von Büschen, holte er die verwundete Kreatur ein, schlug ihren Kopf gegen einen Baumstamm und reichte sie dann zum Tragen an seinen Großvater weiter.

„Kaninchen ist gut, sehr gut", sagte die Alte mit brüchiger Stimme, „aber wenn es um eine schmackhafte Delikatesse geht, bevorzuge ich Krebse. Als ich ein Junge war ..."

„Warum redest du so viel, was keinen Sinn ergibt?", unterbrach Edwin ungeduldig die drohende Geschwätzigkeit des anderen.

Der Junge sprach nicht genau diese Worte aus, sondern stieß etwas aus, das ihnen nur entfernt ähnelte und kehliger und sparsamer war, was direkte Formulierungen anbetraf. Seine Rede zeigte eine entfernte Verwandtschaft mit der des alten Mannes, und die Rede des letzteren war von einer Art, die ein Bad in verderbtem Sprachgebrauch hinter sich hatte.

„Ich würde gern wissen", fuhr Edwin fort, „warum du Krebse als ‚schmackhafte Delikatesse' bezeichnest. Krebs ist schließlich Krebs, oder nicht? Ich habe noch nie gehört, daß sie irgend jemand so komisch nennt."

Der alte Mann seufzte, antwortete aber nicht, und sie zogen schweigend weiter. Die Brandung wurde plötzlich lauter, als sie aus dem Wald heraus auf einen Sandstreifen am Meer traten. Ein paar Ziegen grasten zwischen den sandigen Hügeln, und ein Junge in Fellkleidern, der von einem wolfsähnlichen Hund unterstützt wurde, der nur schwach an einen Collie erinnerte, beobachtete sie. Unter das Tosen der Brandung mischte sich ein ununterbrochenes, tiefkehliges Bellen oder Brüllen, das von einer Anhäufung zerklüfteter Felsen hundert Meter vom Ufer entfernt kam. Hier zogen sich riesige Seelöwen empor, um sich in die Sonne zu legen oder miteinander zu kämpfen. Im unmittelbaren Vordergrund erhob sich der Rauch eines Feuers, das von einem dritten wild aussehenden Jungen gehütet wurde. In seiner Nähe kauerten mehrere wolfsähnliche Hunde, die dem glichen, der die Ziegen hütete.

Der alte Mann beschleunigte seinen Schritt und schnupperte begierig, als er sich dem Feuer näherte.

„Muscheln!", murmelte er erfreut. „Muscheln! Und ist das nicht ein Krebs, Huhu? Ist das nicht ein Krebs? Meine Güte, ihr Jungs seid gut zu eurem alten Großvater."

Huhu, der augenscheinlich im gleichen Alter wie Edwin war, grinste.

„So viele du willst, Großvater. Ich habe vier."

Der lahme Eifer des alten Mannes war mitleiderregend. Er setzte sich – so rasch es seine steifen Glieder zuließen – in den Sand und stieß eine große Felsmuschel aus den Kohlen. Die Hitze hatte ihre Schalen auseinandergezwungen, und das lachsfarbene Fleisch war durch und durch gar. Zwischen Daumen und Zeigefinger ergriff er in zitternder Hast den Bissen und hob ihn zum Mund. Aber er war zu heiß, und im nächsten Moment wurde er wieder ausgeworfen. Der alte Mann spuckte vor Schmerz aus, und Tränen liefen ihm aus den Augen und über die Wangen.

Die Jungen waren wahre Wilde, die nur über den grausamen Humor des Wilden verfügten. Für sie war der Vorfall außerordentlich lustig, und sie brachen in lautes Gelächter aus. Huhu tanzte auf und ab, während Edwin sich fröhlich auf dem Boden wälzte. Der Junge mit den Ziegen kam angerannt, um an dem Spaß teilzuhaben.

„Laß sie abkühlen, Edwin, laß sie abkühlen", flehte der alte Mann inmitten seines Kummers und machte keinen Versuch, die Tränen, die noch aus seinen Augen strömten, wegzuwischen. „Und kühl auch einen Krebs, Edwin. Du weißt, daß dein Großvater Krebse mag."

Aus den Kohlen erhob sich ein lautes Brutzeln, das von den vielen Muscheln ausging, deren Schalen aufsprangen und die ihre Feuchtigkeit verströmten. Es waren große Muscheln, die zwischen drei und sechs Zoll lang waren. Die Jungen scharrten sie mit Stöcken heraus und legten sie zum Abkühlen auf ein großes Stück Treibholz.

„Als ich ein Junge war, lachten wir nicht über unsere Alten; wir respektierten sie."

Die Jungen nahmen keine Notiz davon, und Großvater fuhr fort, in einem unzusammenhängenden Strom von Kritik und Tadel zu brabbeln. Aber diesmal war er vorsichtiger und verbrannte sich nicht den Mund.

Alle begannen zu essen, wobei sie nichts als ihre Hände benutzten und laut kauten und schmatzten. Der dritte Junge, der *Hasenscharte* hieß, streute heimlich eine Prise Sand auf eine Muschel, die der Alte zu

seinem Mund trug; und als die Körner die Schleim-
haut und das Zahnfleisch des Alten zwickten, war das
Gelächter wieder groß. Er wußte nicht, daß man ihm
einen Streich gespielt hatte, und spuckte aus, bis
Edwin einlenkte und ihm einen Kürbis mit frischem
Wasser reichte, mit dem er sich den Mund ausspülen
konnte.

„Wo sind die Krebse, Huhu?", fragte Edwin.
„Großvater will einen essen".

Wieder leuchteten Großvaters Augen vor Gier, als
ihm ein großer Krebs gereicht wurde.

Es war eine leere Hülle mit Beinen und allem drum
und dran, aber das Fleisch war schon längst vergangen.
Mit zittrigen Fingern und vor Erwartung plappernd
brach der alte Mann ein Bein ab und fand es leer vor.

„Die Krebse, Huhu?", jammerte er. „Die Krebse?"

„Ich habe nur Spaß gemacht, Großvater. Es gibt
keine Krebse. Ich habe keine gefunden."

Die Jungen waren überwältigt vor Freude beim
Anblick der Tränen greiser Enttäuschung, die dem
alten Mann über die Wangen tröpfelten. Dann, unbemerkt, ersetzte Huhu die leere Schale durch einen
frisch gegrillten Krebs. Bereits zerstückelt, strömte
eine kleine Wolke würzigen Dampfes von dem weißen
Fleisch aus den aufgesprungenen Beinen hervor. Dieser erreichte die Nasenlöcher des alten Mannes, und er
blickte erstaunt nach unten. Der Wechsel von seiner
gedrückten Stimmung zu einer freudigen erfolgte abrupt. Er schnupperte und nuschelte und murmelte
und stieß beinahe einen Freudenschrei aus, als er zu

essen begann. Die Jungen nahmen davon wenig Notiz, denn sie waren an dieses Schauspiel gewöhnt. Sie achteten auch nicht auf seine gelegentlichen Ausrufe und ausgestoßenen Sätze, die sie nicht verstanden, wie wenn er beispielsweise mit den Lippen schmatzte und sich die Zähne leckte, während er sagte: „Mayonnaise! Man stelle sich vor, Mayonnaise! Und es ist sechzig Jahre her, seit die letzte jemals gemacht wurde! Zwei Generationen, die sie niemals gerochen haben! Damals wurde sie in jedem Restaurant zu Krebsen serviert."

Als er nichts mehr essen konnte, seufzte der alte Mann, wischte sich die Hände an den nackten Beinen ab und blickte auf das Meer hinaus. Mit seinem vollen Magen überkamen ihn die Erinnerungen.

„Wenn ich nur daran denke! Ich habe diesen Strand an einem schönen Sonntag mit Männern, Frauen und Kindern belebt gesehen. Und es gab auch keine Bären, die sie hätten auffressen können. Und gleich da oben auf der Klippe war ein großes Restaurant, wo man alles bekommen konnte, was man essen wollte. Vier Millionen Menschen lebten damals in San Francisco. Und heute gibt es in der ganzen Stadt und auf dem Land insgesamt nicht einmal vierzig. Und da draußen auf dem Meer waren Schiffe über Schiffe, die immer zu sehen waren, die unter der Golden Gate hineinfuhren oder herauskamen. Und Luftschiffe in der Luft, lenkbare Flugmaschinen. Sie konnten zweihundert Meilen in der Stunde fahren. Die Postverträge mit New York und der San Francisco verlangten das als ein Minimum. Es gab da einen Burschen, einen

Franzosen, ich habe seinen Namen vergessen, dem es gelang, dreihundert zu bewerkstelligen; aber die Sache war riskant, zu riskant für konservative Leute. Aber er war auf der richtigen Spur, und es wäre ihm ohne die Große Pest auch gelungen. Als ich ein Junge war, gab es noch Männer, die sich an das Aufkommen der ersten Flugzeuge erinnerten, und jetzt habe ich die letzten von ihnen gesehen, und das vor sechzig Jahren."

Der alte Mann brabbelte weiter, unbeachtet von den Jungen, die seit langem an seine Geschwätzigkeit gewöhnt waren und deren Wortschatz zudem den größten Teil der von ihm verwendeten Wörter vermissen ließ. Auffallend war, daß in diesen weitläufigen Selbstgesprächen seine Rede besser konstruiert und seine Worte gewählter zu sein schienen. Aber wenn er direkt mit den Jungen sprach, verfiel er weitgehend in die ihnen eigene ungehobelte und einfachere Form.

„Aber damals gab es nicht viele Krebse", sinnierte der alte Mann weiter. „Man fischte sie heraus, und sie waren eine große Delikatesse. Die Saison dauerte auch nur einen Monat. Und jetzt sind Krebse das ganze Jahr über zugänglich. Allein der Gedanke – so viele Krebse zu fangen, wie man will, wann immer man will, in der Brandung des Cliff-House-Strandes!"

Ein plötzlicher Tumult unter den Ziegen brachte die Jungen auf die Beine. Die Hunde, die neben dem Feuer gelegen hatten, eilten zu ihrem knurrenden Gefährten, der die Ziegen bewachte, während die Ziegen selbst in Richtung ihrer menschlichen Beschützer stürmten. Ein halbes Dutzend Gestalten, mager und grau, huschte auf den Sandhügeln herum oder stellte sich den gesträubten Hunden entgegen. Edwin schoß einen Pfeil ab, dessen Reichweite zu kurz war. Aber Hasenscharte schleuderte einen Stein mit einer Schleuder, wie David sie in die Schlacht gegen Goliath getragen hatte, durch die Luft, der so schnell flog, daß während seines Fluges ein pfeifender Ton ertönte. Er fiel mitten unter die Wölfe und veranlaßte sie, sich in die dunklen Tiefen des Eukalyptuswaldes zurückzuschleichen.

Die Jungen lachten und legten sich wieder in den Sand, während Großvater schwer seufzte. Er hatte zu viel gegessen und nahm, mit gefalteten Händen auf dem Bauch, die Finger ineinander verschränkt, seine Gedanken wieder auf.

„Die flüchtigen Systeme zerfallen wie Schaum[1]"; murmelte er, was offensichtlich ein Zitat war. „Das ist es – Schaum, und flüchtig. Die ganze Plackerei des Menschen auf dem Planeten war einfach bloß Schaum. Er machte sich die nützlichen Tiere zunutze, rottete die feindlichen aus und befreite das Land von seiner wilden Vegetation. Und dann ging er fort, und die Flut des ursprünglichen Lebens lief wieder ein, fegte seine Arbeit hinweg, Unkraut und Wald überwucherten seine Felder, die Raubtiere fielen über seine Herden her, und jetzt gibt es Wölfe am Strand des Cliff House". Er entsetzte sich über diesen Gedanken. „Wo sich vier Millionen Menschen aufhielten, streifen

---

[1] George Sterling, *The Testimony of the Suns.*

heute die wilden Wölfe umher, und die wilden Nachkommen unserer Löwen wehren sich mit prähistori-
schen Waffen gegen die mit Reißzähnen versehenen
Plünderer. Man stelle sich das nur einmal vor! Und das
alles wegen des Scharlachroten Todes ..."

Bei der Erwähnung dieses Wortes war Hasenscharte
hellhörig geworden.

„Das sagt er immer", sagte er zu Edwin. „Was ist
*Scharlach*rot?"

„Das Scharlachrot des Ahornlaubes kann mich er-
schüttern wie der Schall vorbeiziehender Hörner",
zitierte der alte Mann.

„Es ist rot", antwortete Edwin auf die Frage. „Und
du weißt es nicht, weil du vom Fahrer-Stamm kommst.
Sie wußten nie etwas, keiner von ihnen. Scharlachrot
ist rot, das weiß ich."

„Rot ist rot, nicht wahr?", grummelte Hasenscharte. „Was bringt es denn dann, kompliziert zu
werden und es Scharlachrot zu nennen?"

„Großvater, warum sagst du immer so viel, was niemand weiß?", fragte er. „Scharlachrot ist nichts, aber
rot ist rot. Warum sagst du dann nicht rot?"

„Rot ist nicht das richtige Wort", war die Antwort.
„Die Pest war scharlachrot. Das ganze Gesicht und der
ganze Körper färbten sich in einer Stunde scharlachrot. Als ob ich das nicht wüßte. Habe ich nicht genug
davon gesehen? Und ich sage dir, daß es scharlachrot
war, weil – nun ja, weil es eben scharlachrot *war*. Es
gibt kein anderes Wort dafür."

„Mir reicht Rot völlig aus", murmelte Hasenscharte trotzig. „Mein Vater nennt Rot Rot, und er sollte es wissen. Er sagt, alle sind an dem Roten Tod gestorben."

„Dein Vater ist ein gewöhnlicher Kerl, der von einem gewöhnlichen Kerl abstammt", erwiderte Großvater hitzig. „Als ob ich nicht wüßte, wo die Fahrer herkommen. Dein Großvater war ein ungebildeter Fahrer, ein Diener. Er arbeitete für andere Personen. Aber deine Großmutter war von guter Abstammung, nur die Kinder kamen nicht nach ihr. Ich erinnere mich daran, wie ich sie das erste Mal traf, als ich im Temescal-See Fische fing.

„Was heißt *gebildet*?", fragte Edwin.

„Rot Scharlachrot zu nennen", höhnte Hasenscharte und holte dann zu einem neuen Angriff auf Großvater aus. „Mein Vater erzählte mir, und er hatte es von seinem Vater, bevor der abkratzte, daß deine Frau aus Santa Rosa war, und daß sie bestimmt nichts Besonderes war. Er sagte, sie sei vor dem Roten Tod eine *Fraßausteilerin* gewesen, obwohl ich nicht weiß, was ein *Fraßausteiler* ist. Du weißt es doch, oder Edwin?"

Aber Edwin schüttelte als Zeichen seiner Unwissenheit den Kopf.

„Es ist wahr, sie war eine Kellnerin", räumte Großvater ein. „Aber sie war eine gute Frau, und deine Mutter war ihre Tochter. Frauen waren in den Tagen nach der Pest sehr rar. Sie war die einzige Frau, die ich finden konnte, auch wenn sie eine *Fraßausteilerin* war, wie dein Vater es nennt. Aber es ist nicht nett, so über unsere Vorfahren zu sprechen."

„Papa sagt, daß die Frau des ersten Fahrers eine Dame war ..."

„Was ist eine *Dame?*", fragte Huhu.

„Eine *Dame* ist das Weib eines Fahrers", war die prompte Antwort von Hasenscharte.

„Der erste Fahrer war Bill, ein gewöhnlicher Kerl, wie ich schon sagte", erklärte der alte Mann, „aber seine Frau war eine Dame, eine große Dame. Vor dem Scharlachroten Tod war sie die Frau von Van Warden. Er war Vorstandsvorsitzender des Industriemagnaten-Rats und einer von einem Dutzend Männern, die Amerika regierten. Er war eine Milliarde und achthundert Millionen der Dollar-Münzen wert, wie du sie in deinem Beutel hast, Edwin. Und dann kam der Scharlachrote Tod, und seine Frau wurde die Frau von Bill, dem ersten Fahrer. Er schlug sie auch immer. Ich habe es selbst gesehen."

Huhu, der auf dem Bauch gelegen und müßig die Zehen in den Sand gegraben hatte, schrie auf und untersuchte zuerst seinen Zehennagel und dann das kleine Loch, das er gegraben hatte. Die beiden anderen Jungen schlossen sich ihm an und gruben den Sand schnell mit den Händen aus, bis drei Skelette freigelegt waren. Zwei davon waren von Erwachsenen, das dritte war das eines älteren Kindes. Der alte Mann kauerte sich auf den Boden und besah den Fund.

„Pestopfer", verkündigte er. „So sind sie in den letzten Tagen überall gestorben. Es muß eine Familie gewesen sein, die vor der Seuche davongerannt war und hier am Strand des Cliff House ihr Leben verlor. Sie – was tust du, Edwin?"

Diese Frage wurde in plötzlicher Bestürzung gestellt, als Edwin mit dem Rücken seines Jagdmessers begann, die Zähne aus dem Kiefer eines der Schädel herauszuschlagen.

„Ich werd' sie aufreihen", lautete die Antwort.

Die drei Jungen waren nun eifrig am Werk, und es kam ein ziemliches Klopfen und Hämmern auf, während ihr Großvater unbemerkt weiterplapperte:

„Ihr seid wahre Wilde. Der Brauch, menschliche Zähne zu tragen, hat bereits begonnen. In der nächsten Generation werdet ihr eure Nasen und Ohren durchlöchern und Zierrat aus Knochen und Muscheln tragen. Ich weiß es. Die menschliche Rasse ist dazu verdammt, immer weiter in die trübste Dunkelheit zurückzusinken, bevor sie wieder ihren blutigen Aufstieg in die Zivilisation beginnen wird. Wenn wir mehr werden und den Platzmangel spüren, werden wir uns gegenseitig umbringen. Und dann, schätze ich, werdet ihr menschliche Skalps an der Hüfte tragen, so wie du, Edwin, der sanftmütigste meiner Enkel, es bereits mit diesem abscheulichen Schwanz begonnen hast. Wirf ihn weg, Edwin, Junge; wirf ihn weg."

„Was der alte Knacker für ein Geschwätz von sich gibt", bemerkte Hasenscharte, als sie, die Zähne waren alle gezogen, mit dem Versuch einer gerechten Teilung begannen.

Sie waren sehr schnell und brüsk in ihren Handlungen, und ihre Rede in Momenten erhitzter Diskussionen über die Zuteilung der besten Zähne war wahrlich ein Geschwätz. Sie sprachen in einsilbigen und kurzen abgehackten Sätzen, die mehr Kauderwelsch als Sprache waren. Und doch enthielten sie Spuren einer grammatikalischen Konstruktion, und es schimmerten Spuren der Konjugation irgendeiner höheren Kultur hindurch. Selbst die Sprache ihres Großvaters war so verderbt, daß sie, wenn sie wörtlich aufgeschrieben würde, für den Leser fast unverständlich wäre. Dies jedoch nur, wenn er mit den Jungen sprach. Wenn er in den vollen Schwung kam, vor sich hin zu plappern, klärte sie sich langsam in eine reine Sprache. Die Sätze wurden länger und wurden mit einem Rhythmus und einer Leichtigkeit ausgesprochen, die an das Vortragspodium erinnerten.

„Erzähl uns vom Roten Tod, Großvater", forderte Hasenscharte, als der Zahnhandel zufriedenstellend abgeschlossen war.

„Vom Scharlachroten Tod", korrigierte Edwin.

„Und rede nicht so komisch", fuhr Hasenscharte fort. „ Rede vernünftig, Großvater, wie einer aus Santa Rosa reden sollte. Andere Leute aus Santa Rosa sprechen nicht wie du."

II.

DER alte Mann zeigte sich erfreut über die Aufforderung. Er räusperte sich und begann.

„Vor zwanzig oder dreißig Jahren war meine Geschichte sehr gefragt. Aber in diesen Tagen scheint sich niemand dafür zu interessieren ...“

„Da haben wir's!“, rief Hasenscharte hitzig. „Laß das komische Zeug weg und rede vernünftig. Was heißt *interessieren*? Du redest wie ein Baby, das nicht weiß, was es sagt.“

„Laß ihn in Ruhe“, drängte Edwin, „sonst wird er wütend und redet gar nicht mehr. Überspring die komischen Stellen. Wir werden schon etwas von dem verstehen, was er uns erzählt.“

„Leg los, Großvater“, ermunterte Huhu; denn der alte Mann murmelte bereits etwas von der Respektlosigkeit gegenüber den Älteren und dem Rückfall aller Menschen, die von einer Hochkultur in primitive Verhältnisse gefallen waren, in die Grausamkeit.

Die Geschichte begann.

„Damals gab es sehr viele Menschen auf der Welt. In San Francisco allein lebten vier Millionen ...“

„Was sind Millionen?“, unterbrach Edwin.

Großvater sah ihn freundlich an.

„Ich weiß, daß du nicht weiter als bis zehn zählen kannst, also werde ich es dir sagen. Halte deine beiden Hände hoch. An beiden hast du insgesamt zehn Finger und Daumen. Sehr gut. Ich nehme jetzt dieses Sandkorn – du hältst es, Huhu.“ Er ließ das Sandkorn in die Handfläche des Jungen fallen und fuhr fort. „Dieses Sandkorn steht nun für die zehn Finger Edwins. Ich lege ein weiteres Sandkorn hinzu. Das sind zehn weitere Finger. Und ich füge noch eins hinzu, und noch eins, und noch eins, bis ich so viele Sandkörner hinzugefügt habe, wie Edwin Finger und Daumen hat. Das sind dann hundert. Merkt euch dieses Wort: Hundert. Jetzt lege ich diesen Kieselstein in Hasenschartes Hand. Er steht für zehn Sandkörner oder zehn mal zehn Finger oder hundert Finger. Ich lege zehn Kieselsteine hinein. Sie stehen für tausend Finger. Ich nehme eine Muschelschale, und sie steht für zehn Kieselsteine, oder hundert Sandkörner, oder tausend Finger ...“

Und so weiter, mühsam und mit vielen Wiederholungen, bemühte er sich, in ihren Köpfen eine grobe Vorstellung von Zahlen aufzubauen. Als die Mengen zunahmen, ließ er die Jungen verschiedene Größenordnungen in jeder ihrer Hände halten. Für noch höhere Summen legte er die Symbole auf den Treibholzstamm; und da ihm die Symbole ausgingen, war er gezwungen, die Zähne der Schädel für Millionen und die Krebsschalen für Milliarden zu verwenden. Hier hielt er inne, denn die Jungen zeigten Anzeichen von Müdigkeit.

„Es gab vier Millionen Menschen in San Francisco – vier Zähne.“

Die Augen der Jungen wanderten von den Zähnen und von einer Hand zur anderen, hinunter über die Kieselsteine und Sandkörner bis zu Edwins Fingern.

Und sie wanderten entlang der aufsteigenden Reihe wieder zurück, in dem Bemühen, solch unvorstellbare Zahlen zu erfassen.

„Das waren eine Menge Leute, Großvater", sagte Edwin schließlich.

„Wie der Sand am Strand hier, wie der Sand am Strand, jedes Sandkorn ein Mann, eine Frau oder ein Kind. Ja, mein Junge, all diese Leute lebten genau hier in San Francisco. Und irgendwann kamen all diese Menschen an genau diesen Strand – mehr Menschen, als es Sandkörner gibt. Mehr – viel, viel mehr. Und San Francisco war eine reiche Stadt. Und auf der anderen Seite der Bucht, wo wir letztes Jahr unser Lager aufgeschlagen haben, lebten noch mehr Menschen, von Point Richmond, auf der Ebene und auf den Hügeln, bis hin zu San Leandro, einer großen Stadt mit sieben Millionen Einwohnern. Sieben Zähne ... so, das ist es, sieben Millionen."

Wieder wanderten die Augen der Jungen auf und ab von Edwins Fingern bis zu den Zähnen auf dem Baumstamm.

„Die Welt war voller Menschen. Die Volkszählung von 2010 ergab acht Milliarden für die ganze Welt – acht Milliarden Krebsschalen, ja, acht Milliarden. Es war nicht wie heute. Die Menschheit wußte sehr viel mehr über die Beschaffung von Nahrung. Und je mehr Nahrung es gab, desto mehr Menschen gab es. Im Jahr 1800 gab es allein in Europa einhundertsiebzig Millionen Menschen. Hundert Jahre später – ein Sandkorn, Huhu – hundert Jahre später, im Jahr 1900, gab es fünfhundert Millionen in Europa – fünf Sandkörner, Huhu, und diesen einen Zahn. Das zeigt, wie leicht es war, Nahrung zu bekommen, und wie die Menschen immer mehr wurden. Und im Jahr 2000 gab es fünfzehnhundert Millionen in Europa. Und es war überall in der übrigen Welt dasselbe. Dort gab es acht Krebsschalen, ja, acht Milliarden Menschen lebten auf der Erde, als der Scharlachrote Tod begann.

Ich war ein junger Mann, als die Pest begann, siebenundzwanzig Jahre alt; und ich lebte auf der anderen Seite der San Francisco Bay, in Berkeley. Erinnerst du dich an jene großen Steinhäuser, Edwin, als wir von Contra Costa aus die Hügel hinunterkamen? Dort wohnte ich, in diesen Steinhäusern. Ich war ein Professor für englische Literatur."

Vieles davon ging über den Verstand der Jungen, aber sie bemühten sich, diese Geschichte der Vergangenheit einigermaßen nachzuvollziehen.

„Wozu waren diese Steinhäuser da?", fragte Hasenscharte.

„Weißt du noch, als dein Vater dir das Schwimmen beibrachte?" Der Junge nickte. „Nun, an der Universität von Kalifornien – so nannten wir die Häuser – brachten wir jungen Männern und Frauen das Denken bei, so wie ich es euch jetzt beigebracht habe, durch Sand, Kieselsteine und Muscheln, um zu wissen, wie viele Menschen damals lebten. Es gab sehr viel zu unterrichten. Die jungen Männer und Frauen, die wir unterrichteten, nannte man Studenten. Wir hatten große Räume, in denen wir sie unterrichteten. Ich habe zu ihnen gesprochen, zu vierzig oder fünfzig von ihnen auf einmal, so wie ich jetzt mit euch spreche. Ich erzählte ihnen von den Büchern, die andere Männer vor ihrer Zeit und manchmal sogar in ihrer Zeit geschrieben hatten ..."

„War das alles, was du getan hast? – immerzu nur geredet, geredet, geredet?", fragte Huhu. „Wer hat dein Fleisch für dich gejagt? Und die Ziegen gemolken? Und die Fische gefangen?"

„Eine kluge Frage, Huhu, eine kluge Frage. Wie ich euch bereits gesagt habe, war es damals einfach, an Essen zu kommen. Wir waren sehr weise. Ein paar Menschen besorgten das Essen für viele Menschen. Die anderen Menschen taten andere Dinge. Wie du sagtest, habe ich geredet. Ich habe die ganze Zeit geredet, und dafür wurde mir viel Essen gegeben – viel Essen, gutes Essen, schönes Essen, Essen, das ich seit sechzig Jahren nicht mehr gekostet habe und nie mehr kosten werde. Ich denke manchmal, die wunderbarste Errungenschaft unserer gewaltigen Zivilisation war das Essen – seine unvorstellbare Fülle, die unendliche Vielfalt, die wunderbare Köstlichkeit. Oh, meine Enkel, das Leben war lebenswert in jenen Tagen, als wir so wunderbare Dinge zu essen hatten".

Das ging über die Vorstellungskraft der Jungen hinaus, und sie ließen die Worte und Gedanken vorbeiziehen wie eine bloße greise Verirrung in der Erzählung.

„Unsere Nahrungsbeschaffer nannte man *freie Männer*. Das war ein Witz. Wir von der herrschenden

Klasse besaßen das ganze Land, alle Maschinen, alles. Diese Nahrungsbeschaffer waren unsere Sklaven. Wir nahmen ihnen fast alles, was sie bekamen, und ließen ihnen ein wenig übrig, damit sie essen und arbeiten und uns mehr Essen besorgen konnten ...“

„Ich wäre in den Wald gegangen und hätte mir Essen für mich selbst besorgt“, verkündete Hasenscharte; „und wenn jemand versucht hätte, es mir wegzunehmen, hätte ich ihn getötet“.

Der alte Mann lachte.

„Habe ich euch nicht gesagt, daß wir von der herrschenden Klasse das ganze Land, den ganzen Wald, alles besaßen? Jeden Nahrungsbeschaffer, der keine Nahrung für uns besorgen wollte, bestraften wir oder verdammten ihn zum Hungertod. Und nur sehr wenige taten dies. Sie zogen es vor, Nahrung für uns zu besorgen, Kleidung für uns anzufertigen und uns mit tausend – eine Muschelschale, Huhu – tausend Diensten und Freuden zu versorgen. Und ich war damals Professor Smith, Professor James Howard Smith. Und meine Vorlesungen waren sehr beliebt, das heißt, sehr viele der jungen Männer und Frauen hörten mich gerne über die Bücher sprechen, die andere Männer geschrieben hatten.

Und ich war sehr glücklich, und ich hatte schöne Dinge zu essen. Und meine Hände waren weich, weil ich nicht mit ihnen arbeitete, und mein Körper war überall sauber und in die weichsten Kleidungsstücke gekleidet ...“ Er betrachtete sein schäbiges Ziegenfell voller Abscheu. „Damals trugen wir solche Dinge nicht. Selbst die Sklaven hatten bessere Kleider. Und wir waren überaus sauber. Wir wuschen unsere Gesichter und Hände jeden Tag mehrmals. Ihr Jungen wäscht euch nie, es sei denn, ihr fallt ins Wasser oder geht schwimmen."

„Du dich auch nicht, Großvater", erwiderte Huhu.

„Ich weiß, ich weiß. Ich bin ein schmutziger alter Mann. Aber die Zeiten haben sich geändert. Niemand wäscht sich heutzutage, und es gibt keine Annehmlichkeiten. Es ist sechzig Jahre her, daß ich ein Stück Seife gesehen habe. Ihr wißt nicht, was Seife ist, und ich werde es euch nicht sagen, denn ich erzähle euch die Geschichte des Scharlachroten Todes. Ihr wißt, was Erkrankung bedeutet. Wir nannten es eine Krankheit. Sehr viele der Krankheiten kamen von dem, was wir Keime nannten. Merkt euch das Wort – Keime. Ein Keim ist eine sehr kleine Sache. Er ist wie eine Zecke, wie man sie im Frühling an Hunden findet, wenn sie im Wald umherlaufen. Nur daß der Keim sehr klein ist. Er ist so klein, daß man ihn nicht sehen kann ..."

Huhu begann zu lachen.

„Du bist komisch, Großvater, daß du über Dinge redest, die man nicht sehen kann. Wenn du sie nicht sehen kannst, woher weißt du dann, daß es sie gibt? Das würde ich gern wissen. Woher will man von etwas wissen, das man nicht sehen kann?"

„Eine gute Frage, eine sehr gute Frage, Huhu. Aber wir haben sie gesehen – einige von ihnen. Wir hatten etwas, das wir Mikroskope und Ultramikroskope nannten, und wir legten sie an unsere Augen und schauten durch sie hindurch, so daß wir die Dinge größer sahen, als sie in Wirklichkeit waren, und viele Dinge, die wir ohne die Mikroskope überhaupt nicht sehen konnten. Unsere besten Ultramikroskope konnten einen Keim vierzigtausend Mal größer aussehen lassen. Eine Muschelschale ist tausend Finger wie die von Edwin. Nehmen wir vierzig Muschelschalen, und um das Vierzigfache größer war der Keim, wenn wir ihn durch ein Mikroskop betrachteten. Und danach hatten wir noch andere Möglichkeiten, den vierzigtausendfachen Keim noch viel, viel tausend Mal größer zu machen, indem wir etwas benutzten, das wir *bewegte Bilder* nannten. Und so sahen wir all diese Dinge, die unsere Augen selbst nicht sehen konnten. Nehmt ein Sandkorn. Brecht es in zehn Stücke. Nehmt ein Stück und zerbrecht es in zehn Stücke. Brecht eines dieser Stücke in zehn, und eines dieser Stücke in zehn, und eines dieser Stücke in zehn, und eines dieser Stücke in zehn, und tut es den ganzen Tag, und vielleicht habt ihr dann bei Sonnenuntergang ein Stück, das so klein ist wie einer der Keime."

Die Jungen glaubten ihm kein Wort. Hasenscharte schniefte und höhnte und Huhu kicherte, bis Edwin sie mit einem Stoß zum Schweigen brachte.

„Die Zecke saugt das Blut des Hundes, aber der Keim, der so winzigklein ist, geht direkt in das Blut des Körpers, und dort bekommt er viele Kinder. Damals waren bis zu einer Milliarde – eine Krebsschale, bitte – so viele wie diese Krebsschale im Körper eines

Menschen. Wir nannten die Keime *Mikroorganismen*. Wenn einige Millionen oder eine Milliarde von ihnen in einem Menschen waren, im ganzen Blut eines Menschen, dann war er krank. Diese Keime waren eine Krankheit. Es gab viele verschiedene Arten von ihnen – mehr verschiedene Arten als es Sandkörner an diesem Strand gibt. Wir kannten nur einige wenige dieser Arten. Die mikroorganische Welt war eine unsichtbare Welt, eine Welt, die wir nicht sehen konnten, und wir wußten sehr wenig darüber. Und doch wußten wir etwas. Es gab den *Bacillus anthracis*, es gab den *Mikrokokkus*, es gab das *Bacterium termo* und das *Bacterium lactis* – das ist es, was die Ziegenmilch bis heute sauer macht, Hasenscharte, und es gab *Schizomyceten* ohne Ende. Und es gab noch viele andere ...“

Hier schweifte der alte Mann in eine Abhandlung über Keime und ihre Natur ab, wobei er Worte und Sätze von so außerordentlicher Länge und Bedeutungslosigkeit benutzte, daß die Jungen einander angrinsten und über den menschenleeren Ozean hinausblickten, bis sie vergaßen, daß der alte Mann weiterplapperte.

„Aber der Scharlachrote Tod, Großvater“, warf Edwin schließlich ein.

Großvater besann sich, und riß sich mit einem Ruck vom Podium des Vortragssaals los, wo er vor einem Publikum aus einer anderen Welt die neueste, sechzig Jahre alte Theorie über Keime und durch Keim ausgelöste Krankheiten erläutert hatte.

„Ja, ja, Edwin, ich hatte es vergessen. Manchmal ist die Erinnerung an die Vergangenheit sehr stark in mir, und ich vergesse, daß ich ein schmutziger alter Mann bin, der in Ziegenhaut gekleidet ist und mit seinen wilden Enkeln, die Ziegenhirten sind, in der urzeitlichen Wildnis umherzieht. ‚Die flüchtigen Systeme zerfallen wie Schaum‘, und so erlosch unsere glorreiche, riesige Zivilisation. Ich bin Großvater, ein müder alter Mann. Ich gehöre zum Stamm der Santa Rosaner. Ich habe in diesen Stamm eingeheiratet. Meine Söhne und Töchter heirateten in die Fahrer, die Sacramentos und die Palo-Altos ein. Du, Hasenscharte, gehörst zu den Fahrern. Du, Edwin, gehörst zu den Sacramentos. Und du, Huhu, gehörst zu den Palo-Altos. Dein Stamm hat seinen Namen von einer Stadt, die in der Nähe des Sitzes einer anderen großen Bildungseinrichtung lag. Sie hieß Stanford University. Ja, jetzt erinnere ich mich ganz genau. Ich habe euch vom Scharlachroten Tod erzählt. Wo war ich stehengeblieben?“

„Du erzähltest von Keimen, von den Dingen, die man nicht sehen kann, die aber die Menschen krank machen“, half ihm Edwin aus.

„Ja, genau da war ich. Ein Mensch bemerkte zunächst nicht, daß nur wenige dieser Keime in seinen Körper gelangt waren. Aber jeder Keim brach in zwei Hälften und wurde zu zwei Keimen, und sie taten dies sehr schnell, so daß es in kurzer Zeit viele Millionen davon im Körper gab. Dann war der Mensch krank. Er hatte eine Krankheit, und die Krankheit wurde nach der Art des Keims benannt, der in ihm war. Es konnten Masern, Grippe oder Gelbfieber sein, es konnten Tausende und Abertausende von Krankheiten sein.

Und das ist das Merkwürdige an diesen Keimen. Es kamen immer wieder neue, um im Körper der Menschen zu leben. Vor langer, sehr langer Zeit, als es nur wenige Menschen auf der Welt gab, gab es nur wenige Krankheiten. Aber als die Menschen mehr wurden und in großen Städten und Zivilisationen eng zusammenlebten, entstanden neue Krankheiten, neue Arten von Keimen drangen in ihre Körper ein. Auf diese Weise wurden unzählige Millionen und Milliarden von Menschen getötet. Und je enger die Menschen zusammengedrängt wurden, desto schrecklicher waren die neuen Krankheiten, die entstanden. Lange vor meiner Zeit, im Mittelalter, gab es die Schwarze Pest, die über Europa fegte. Sie fegte viele Male über Europa. Es gab die Tuberkulose, die überall dort in die Menschen eindrang, wo sie dicht zusammengedrängt waren. Hundert Jahre vor meiner Zeit gab es die Beulenpest. Und in Afrika gab es die Schlafkrankheit. Die Bakteriologen bekämpften all diese Krankheiten und vernichteten sie, so wie ihr Jungs die Wölfe von euren Ziegen verjagt oder die Mücken zerquetscht, die auf euch lauern. Die Bakteriologen ...“

„Aber, Großvater, was ist ein Wie-heißt-es-doch-gleich?“, unterbrach Edwin.

„Du, Edwin, bist ein Ziegenhirte. Deine Aufgabe ist es, die Ziegen zu hüten. Du weißt eine Menge über Ziegen. Ein Bakteriologe beobachtet Keime. Das ist seine Aufgabe, und er weiß eine Menge über sie. Also, wie ich schon sagte, die Bakteriologen haben mit den Keimen gekämpft und sie – manchmal – vernichtet. Es gab Lepra, eine schreckliche Krankheit. Hundert Jahre vor meiner Geburt entdeckten die Bakteriologen den Keim der Lepra. Sie wußten alles darüber. Sie machten Bilder davon. Ich habe diese Bilder gesehen. Aber sie fanden nie einen Weg, sie zu vernichten. Aber 1984 gab es die Pantoblastenpest, eine Krankheit, die in einem Land namens Brasilien ausbrach und Millionen von Menschen tötete. Aber die Bakteriologen erkannten sie und fanden einen Weg, sie zu vernichten, so daß die Pantoblastenpest nicht weiter voranschritt. Sie stellten ein sogenanntes Serum her, das sie in den Körper eines Menschen gaben und das die Pantoblastenkeime abtötete, ohne den Menschen zu töten. Und 1910 gab es Pellagra, und auch den Hakenwurm. Diese wurden von den Bakteriologen leicht abgetötet. Aber 1917 trat eine neue Krankheit auf, die noch nie zuvor gesehen worden war. Sie gelangte in die Körper von Babys im Alter von höchstens zehn Monaten und machte sie unfähig, ihre Hände und Füße zu bewegen, zu essen oder irgend etwas anderes zu tun; und die Bakteriologen waren elf Jahre damit beschäftigt, herauszufinden, wie man diesen speziellen Keim abtöten und die Babys retten könnte."

Trotz all dieser Krankheiten, und trotz all der neuen Krankheiten, die immer wieder auftraten, gab es immer mehr Menschen auf der Welt. Das lag daran, daß es leicht war, Nahrung zu beschaffen. Je leichter es war, Nahrung zu beschaffen, desto mehr Menschen gab es; je mehr Menschen es gab, desto dichter waren sie auf der Erde zusammengedrängt; und je dichter sie zusammengedrängt waren, desto mehr neue Arten von Keimen wurden zu Krankheiten. Es gab Warnungen. Schon 1929 sagte Soldervetzsky den Bakteriologen, daß sie keine Garantie dafür hätten, daß nicht eine neue Krankheit, die tausendmal tödlicher wäre als alle ihnen bekannten, auftreten und Hunderte von Millionen oder sogar Milliarden von Menschen töten könnte. Seht ihr, die mikroorganische Welt blieb bis zum Schluß ein Rätsel. Sie wußten, daß es eine solche Welt gab, und daß von Zeit zu Zeit Armeen neuer Keime aus ihr hervorgingen, um Menschen zu töten. Und das war alles, was sie darüber wußten. Nach allem, was sie wußten, konnte es in dieser unsichtbaren mikroorganischen Welt so viele verschiedene Arten von Keimen geben, wie es Sandkörner an diesem Strand gibt. Und in derselben unsichtbaren Welt könnten auch neue Arten von Keimen entstanden sein. Dort könnte das Leben entstanden sein – die ‚abgründige Fruchtbarkeit‘, wie Soldervetzsky es nannte, in Anlehnung an die Worte anderer Männer, die vor ihm geschrieben hatten …"

An diesem Punkt sprang Hasenscharte auf die Beine, und ein Ausdruck großer Verachtung lag auf seinem Gesicht.

„Großvater", verkündete er, „du machst mich krank mit deinem Geschwätz. Warum erzählst du nicht vom

Roten Tod? Wenn du es nicht tun willst, sag es, dann gehen wir zurück ins Lager."

Der alte Mann sah ihn an und begann lautlos zu weinen. Die hilflosen Tränen des Alters rollten ihm über die Wangen, und die ganze Schwäche seiner siebenundachtzig Jahre zeigte sich in seinem trauernden Gesicht.

„Setz dich", riet Edwin beruhigend. „Großvater geht es gut. Er kommt gerade zum Scharlachroten Tod, nicht wahr, Großvater? Er wird uns gleich davon erzählen. Setz dich, Hasenscharte. Nur zu, Großvater."

III.

DER alte Mann wischte sich die Tränen mit seinen schmutzigen Knöcheln ab und nahm die Geschichte mit einer zitternden, pfeifenden Stimme auf, die bald erstarkte, als er wieder in seine Erzählung fand.

„Es war im Sommer 2013, als die Pest kam. Ich war siebenundzwanzig Jahre alt, und ich erinnere mich gut daran. Drahtlose Botschaften ..."

Hasenscharte spuckte vor Verachtung laut aus, und Großvater beeilte sich, es wieder gutzumachen.

„Wir sprachen damals durch die Luft, über tausende und abertausende von Meilen. Und es kam die Nachricht von einer seltsamen Krankheit, die in New York ausgebrochen war. Siebzehn Millionen Menschen lebten damals in dieser prächtigsten Stadt Amerikas. Niemand dachte über die Nachrichten nach. Es war nur eine kleine Sache. Es hatte nur ein paar Tote gegeben. Es schien jedoch, daß sie sehr schnell gestorben waren und daß eines der ersten Anzeichen der Krankheit die Rotfärbung des Gesichts und des ganzen Körpers war. Innerhalb von vierundzwanzig Stunden kam der Bericht über den ersten Fall in Chicago. Und am selben Tag wurde bekannt, daß London, neben Chicago die größte Stadt der Welt, seit zwei Wochen heimlich gegen die Pest kämpfte und die Nachrichtensendungen zensierte – das bedeutet, daß sie nicht zuließen, daß der Rest der Welt erfuhr, daß London die Pest hatte.

Es sah ernst aus, aber wir in Kalifornien, wie überall sonst auch, waren nicht beunruhigt. Wir waren sicher, daß die Bakteriologen einen Weg finden würden, diesen neuen Keim zu überwinden, so wie sie in der Vergangenheit andere Keime überwunden hatten. Aber das Problem war die erstaunliche Schnelligkeit, mit der dieser Keim Menschen vernichtete, und die Tatsache, daß er unweigerlich jeden menschlichen Körper, in den er eindrang, tötete. Niemand hat sich je davon erholt. Es gab die alte asiatische Cholera, bei der man abends mit einem gesunden Mann zu Abend aß, und am nächsten Morgen, wenn man früh genug aufstand, sah man, wie er im Totenwagen vor dem Fenster vorbeigeschleppt wurde. Aber diese neue Seuche war schneller – viel schneller. Vom Moment der ersten Anzeichen an war ein Mensch in einer Stunde tot.

Manche hielten mehrere Stunden durch. Viele starben innerhalb von zehn oder fünfzehn Minuten nach dem Auftreten der ersten Anzeichen.

Das Herz begann schneller zu schlagen und die Körpertemperatur stieg. Dann kam der scharlachrote Ausschlag, der sich wie ein Lauffeuer über Gesicht und Körper ausbreitete. Die meisten Personen registrierten die Zunahme der Temperatur und des Herzschlags nicht, und bemerkten es erst, wenn der scharlachrote Ausschlag ausbrach. Für gewöhnlich hatten sie zum Zeitpunkt des Auftretens des Ausschlags Krämpfe. Diese Krämpfe dauerten jedoch nicht lange an und waren nicht sehr schwerwiegend. Wer sie überlebte, wurde vollkommen ruhig, und spürte nur ein Gefühl von Taubheit, das ihm schnell von den Füßen heraufkroch. Zuerst wurden die Fersen taub, dann die Beine und die Hüften, und wenn das Taubheitsgefühl bis zum Herzen reichte, starb man. Sie wüteten und schliefen nicht. Ihr Geist blieb immer wach und ruhig bis zu dem Moment, in dem ihr Herz gelähmt wurde und stehen blieb. Und noch etwas Seltsames war die Schnelligkeit der Verwesung. Kaum war ein Mensch tot, schien der Körper in Stücke zu fallen, sich aufzulösen, schon beim bloßen Hinsehen zu schmelzen. Das war einer der Gründe, warum sich die Seuche so schnell ausbreitete. All die Milliarden von Keimen in einem Leichnam wurden dadurch sofort freigesetzt.

Und wegen all dessen hatten die Bakteriologen so geringe Chancen, die Keime zu bekämpfen. Sie starben in ihren Laboren, noch während sie die Keime des

Scharlachroten Todes untersuchten. Sie waren Helden. So schnell, wie sie starben, traten andere vor und nahmen ihre Plätze ein. Es war in London, wo sie den Keim zuerst isolierten. Die Nachrichten wurden überallhin telegrafiert. Trask war der Name des Mannes, dem dies gelang, aber innerhalb von dreißig Stunden war er tot. Dann begann der Kampf in allen Laboren, etwas zu finden, das die Pestkeime abtöten würde. Alle Medikamente versagten. Seht ihr, das Problem war, ein Medikament oder Serum zu bekommen, das zwar die Keime im Körper abtötet, dabei aber den Körper verschont. Sie versuchten, sie mit anderen Keimen zu bekämpfen, in den Körper eines kranken Mannes Keime einzubringen, die die Feinde der Pestkeime waren ...“

„Und man kann diese Keim-Dinger nicht sehen, Großvater“, wandte Hasenscharte ein, „und hier plapperst, plapperst, plapperst du über sie, als ob sie etwas wären, wenn sie doch in Wahrheit überhaupt nichts sind. Alles, was man nicht sehen kann, gibt es nicht, so ist es doch. Dinge, die es nicht gibt, mit Dingen, die es nicht gibt, zu bekämpfen! Sie müssen zu deiner Zeit alle Narren gewesen sein. Darum sind sie auch abgekratzt. An so einen Quatsch werde ich nicht glauben, das sage ich dir.“

Großvater begann daraufhin zu weinen, während Edwin hitzig seine Verteidigung aufnahm.

„Sieh doch, Hasenscharte, du glaubst an viele Dinge, die du nicht sehen kannst.“

Hasenscharte schüttelte den Kopf.

„Du glaubst an herumlaufende Tote. Du hast noch nie einen Toten umherlaufen sehen."

„Ich sage dir, ich habe sie letzten Winter gesehen, als ich mit Papa auf Wolfsjagd war."

„Du spuckst immer aus, wenn du über fließendes Wasser gehst", sagte Edwin.

„Das soll Unheil verhindern", war Hasenschartes Verteidigung.

„Glaubst du an Unheil?"

„Natürlich."

„Und die ist noch nie ein Unheil begegnet", schloß Edwin triumphierend. „Du bist genauso schlimm wie Großvater und seine Bazillen. Du glaubst an das, was du nicht siehst. Mach weiter, Großvater."

Hasenscharte, niedergeschmettert von dieser metaphysischen Niederlage, blieb still, und der alte Mann fuhr fort. Immer wieder, obwohl diese Erzählung nicht durch die Details gehemmt werden darf, wurde Großvaters Erzählung unterbrochen, während sich die Jungen untereinander stritten. Außerdem tauschten sie untereinander ständig leise Erklärungen und Vermutungen aus, während sie versuchten, dem alten Mann in seine unbekannte und verschwundene Welt zu folgen.

„Der Scharlachrote Tod brach in San Francisco aus. Der erste Todesfall ereignete sich an einem Montagmorgen. Am Donnerstag starben sie in Oakland und San Francisco schon wie die Fliegen. Sie starben überall – in ihren Betten, bei der Arbeit, beim Spazieren auf der Straße. Es war am Dienstag, als ich meinen ersten Todesfall sah – Miss Collbran, eine meiner Studentinnen, die direkt vor meinen Augen in meinem Hörsaal saß. Ich bemerkte ihr Gesicht, während ich sprach. Es war plötzlich scharlachrot geworden. Ich hörte auf zu sprechen und konnte sie nur noch ansehen, denn die erste Angst vor der Pest war bereits bei uns allen vorhanden und wir wußten, daß sie gekommen war. Die jungen Frauen schrien und rannten schreiend aus dem Raum. Auch die jungen Männer rannten hinaus, alle bis auf zwei. Miss Collbrans Krämpfe waren sehr mild und dauerten weniger als eine Minute. Einer der jungen Männer holte ihr ein Glas Wasser. Sie trank nur wenig davon und rief:

,Meine Füße! Ich habe kein Gefühl mehr in ihnen.'

Nach einer Minute sagte sie: ,Ich habe keine Füße. Ich spüre meine Füße nicht. Und meine Knie sind kalt. Ich kann kaum spüren, daß ich Knie habe.'

Sie lag auf dem Boden, ein Bündel Hefte unter dem Kopf. Und wir konnten nichts tun. Die Kälte und die Taubheit krochen an ihren Hüften vorbei bis zu ihrem Herzen, und als sie ihr Herz erreichten, war sie tot.

Innerhalb einer Viertelstunde, nach der Uhr – ich habe die Zeit gemessen – war sie tot, dort, in meinem eigenen Hörsaal, tot. Und sie war eine sehr schöne, starke, gesunde junge Frau gewesen. Und vom ersten Anzeichen der Pest bis zu ihrem Tod vergingen nur fünfzehn Minuten. Das wird euch zeigen, wie rasch der Scharlachrote Tod war.

Doch in diesen wenigen Minuten, in denen ich bei der sterbenden Frau in meinem Hörsaal blieb, hatte sich der Alarm über die ganze Universität ausgebreitet; und die Studenten, zu Tausenden, sie alle hatten den Hörsaal und die Labore verlassen. Als ich den Raum verließ, um dem Präsidenten der Fakultät Bericht zu erstatten, fand ich die Universität verlassen vor. Auf der anderen Seite des Campus eilten mehrere Nachzügler zu ihren Häusern. Zwei von ihnen rannten.

Präsident Hoag fand ich, ganz allein, sehr alt und sehr grau aussehend, mit einer Vielzahl von Falten im Gesicht, die ich noch nie zuvor gesehen hatte, in seinem Büro. Als er meiner ansichtig wurde, rappelte er sich auf und wankte ins Hinterzimmer, wobei er die Tür hinter sich zuschlug und verriegelte. Seht ihr, er wußte, daß ich dem Keim ausgesetzt gewesen war, und er hatte Angst. Er rief mir durch die Tür zu, ich solle weggehen. Ich werde nie meine Gefühle vergessen, als ich durch die stillen Korridore und über den verlassenen Campus hinaus ging. Ich hatte keine Angst. Ich war dem Keim ausgesetzt gewesen, und ich sah mich selbst als bereits tot an. Es war keine Angst, sondern ein Gefühl schrecklicher Niedergeschlagenheit, das mich überkommen hatte. Alles hatte aufgehört. Für mich war es wie das Ende der Welt, meiner Welt. Ich war in Sicht- und Hörweite der Universität geboren worden. Es war meine vorherbestimmte Laufbahn gewesen. Mein Vater war dort vor mir Professor gewesen, und vor ihm sein Vater. Eineinhalb Jahrhunderte lang war diese Universität wie eine prächtige Maschine ununterbrochen in Betrieb gewesen. Und jetzt, in einem Augenblick, war sie stehen geblieben. Es war, als sähe man die heilige Flamme auf einem überaus heiligen Altar verlöschen. Ich war schockiert, unaussprechlich schockiert.

Als ich zu Hause ankam, schrie meine Haushälterin, als ich eintrat, und lief weg. Und als ich klingelte, stellte ich fest, daß das Hausmädchen ebenfalls geflohen war. Ich ging auf Erkundung. In der Küche fand ich die im Aufbruch begriffene Köchin. Aber auch sie schrie, und in ihrer Eile ließ sie einen Koffer mit ihren persönlichen Habseligkeiten fallen und rannte immer noch schreiend aus dem Haus und über das Gelände. Ich höre sie noch heute schreien. Seht ihr, wir handelten nicht auf diese Weise, wenn uns gewöhnliche Krankheiten heimsuchten. Wir waren bei solchen Dingen immer ruhig und schickten nach den Ärzten und Krankenschwestern, die genau wußten, was zu tun war. Aber diese Krankheit war anders. Sie schlug so plötzlich zu, tötete so schnell und verschonte niemals jemanden. Wenn der scharlachrote Ausschlag auf dem Gesicht einer Person erschien, war diese Person dem Tod geweiht. Es gab niemals einen bekannten Fall einer Genesung.

Ich war allein in meinem großen Haus. Wie ich euch schon oft gesagt habe, konnten wir damals über Drähte oder durch die Luft miteinander sprechen. Das Telefon klingelte, und es war mein Bruder, der zu mir sprach. Er sagte mir, daß er nicht nach Hause käme, aus Angst, sich die Pest bei mir einzufangen, und daß er unsere beiden Schwestern zu Professor Bacons Haus gebracht habe. Er riet mir, zu bleiben, wo ich war, und abzuwarten, ob ich mir die Pest eingefangen hätte oder nicht.

All dem stimmte ich zu, worauf ich in meinem Haus blieb und zum ersten Mal in meinem Leben versuchte zu kochen. Und die Pest ist nicht über mich gekommen. Mit Hilfe des Telefons konnte ich sprechen, mit wem es mir gefiel, und die Neuigkeiten erhalten. Es gab außerdem noch die Zeitungen, und ich ordnete an, sie alle vor meine Tür zu werfen, damit ich wußte, was mit dem Rest der Welt geschah.

In New York City und Chicago herrschte Chaos. Und was dort geschah, geschah in all den großen Städten. Ein Drittel der New Yorker Polizei war tot. Ihr Chef war ebenfalls tot, ebenso der Bürgermeister. Jegliche öffentliche Ordnung hatte aufgehört. Die Leichen lagen unbeerdigt auf den Straßen. Alle Eisenbahnen und Schiffe, die Lebensmittel und derlei Dinge in die große Stadt brachten, waren nicht mehr in Betrieb, und Horden von hungrigen Armen plünderten die Geschäfte und Lagerhäuser. Mord, Raub und Trunkenheit waren allgegenwärtig. Die Menschen waren bereits millionenfach aus der Stadt geflohen – zuerst die Reichen in ihren privaten Automobilen und Luftschiffen, dann die große Masse der Bevölkerung zu Fuß, die Pest mit sich tragend, hungernd und die Bauern und alle Städte und Dörfer auf dem Weg plündernd.

Der Mann, der diese Nachrichten sendete, der Funker, war allein mit seinem Instrument auf dem Dach eines hohen Gebäudes. Die in der Stadt verbliebenen Menschen – er schätzte sie auf mehrere hunderttausend – waren vor Angst und Trunkenheit verrückt geworden, und zu allen Seiten von ihm wüteten große Feuer. Er war ein Held, dieser Mann, der auf seinem Posten blieb – höchstwahrscheinlich ein fragwürdiger Zeitungsmann.

Vierundzwanzig Stunden lang, sagte er, waren keine transatlantischen Luftschiffe eingetroffen, und es kamen keine Nachrichten mehr aus England. Er gab jedoch an, daß eine Nachricht aus Berlin – das ist in Deutschland – meldete, daß Hoffmeyer, ein Bakteriologe der Metchnikoff-Schule, das Serum für die Pest entdeckt hatte. Das war die letzte Nachricht, die wir Amerikaner bis heute aus Europa erhalten haben. Wenn Hoffmeyer das Serum entdeckte, war es zu spät, sonst wären schon längst Forscher aus Europa gekommen, um nach uns zu sehen. Wir können nur zu dem Schluß kommen, daß das, was in Amerika geschah, auch in Europa geschah, und daß bestenfalls einige wenige von ihnen den Scharlachroten Tod auf diesem ganzen Kontinent überlebt haben können.

Noch einen Tag länger kamen die Depeschen aus New York. Dann hörten auch sie auf. Der Mann, der sie geschickt hatte, saß in seinem hohen Gebäude und war entweder an der Pest gestorben oder von den großen Feuersbrünsten verzehrt worden, die um ihn herum wüteten, wie er es beschrieben hatte. Und was in New York geschehen war, hatte sich in allen anderen Städten wiederholt. Es war dasselbe in San Francisco, Oakland und Berkeley. Bis zum Donnerstag starben die Menschen so schnell, daß man nicht mehr wußte, wohin mit ihren Körpern, und überall lagen Leichen herum. Am Donnerstagabend begann der panische Ansturm auf das Land. Stellt euch vor, meine Enkel, die Menschen strömten, dicker als der Lachsstrom, den ihr am Sacramento-Fluß gesehen habt, zu Millionen aus den Städten, verteilten sich panisch über das Land und versuchten vergeblich, dem allgegenwärtigen Tod zu entkommen. Seht ihr, sie trugen die Keime mit sich. Sogar die Luftschiffe der Reichen, die in die Berge und zu abgelegenen Festungen flohen, trugen die Keime mit sich.

Hunderte dieser Luftschiffe entkamen nach Hawaii, und sie brachten die Pest nicht nur mit, sondern fanden die Pest bereits dort vor ihnen. Das erfuhren wir durch die Depeschen, bis alle Ordnung in San Francisco verschwand und es keine Funker mehr an ihren Posten gab, die sie empfangen oder senden konnten. Es war erstaunlich, verblüffend, dieser Verlust der Kommunikation mit der Welt. Es war gerade so, als ob die Welt aufgehört hätte, ausgelöscht worden wäre. Sechzig Jahre lang hat diese Welt für mich nicht mehr existiert. Ich weiß, daß es solche Orte wie New York, Europa, Asien und Afrika geben muß, aber man hat in den letzten sechzig Jahren nicht ein Wort von ihnen gehört. Mit der Ankunft des Scharlachroten Todes brach die Welt auseinander, absolut und unwiederbringlich. Zehntausend Jahre Kultur und Zivilisation vergingen im Handumdrehen, ‚zerfielen wie Schaum'.

Ich habe euch von den Luftschiffen der Reichen erzählt. Sie trugen die Pest mit sich und sie staben, ganz gleich, wohin sie flohen. Ich bin nicht mehr als nur einem Überlebenden von ihnen begegnet, Mungerson. Er war danach ein Santa Rosaner, und er heiratete meine älteste Tochter. Er kam acht Jahre nach der Seuche in den Stamm. Er war damals neunzehn Jahre alt, und er war gezwungen, weitere zwölf Jahre zu warten, bevor er heiraten konnte. Wie ihr wißt, gab es keine unverheirateten Frauen, und einige der älteren Töchter der Santa Rosaner waren bereits versprochen. So war er gezwungen zu warten, bis meine Maria sechzehn Jahre alt geworden war. Es war sein Sohn, Hinkebein, der letztes Jahr von dem Puma getötet wurde.

Mungerson war zur Zeit der Pest elf Jahre alt. Sein Vater war einer der Industriemagnaten, ein sehr wohlhabender, mächtiger Mann. Auf seinem Luftschiff, der Condor, flohen sie mit der ganzen Familie in die Wildnis Britisch-Columbias, das weit nördlich von hier liegt. Dort ereignete sich jedoch ein Unfall, und sie erlitten in der Nähe des Mount Shasta Schiffbruch. Ihr habt von diesem Berg gehört. Er liegt weit im Norden. Die Seuche brach unter ihnen aus, und dieser elfjährige Junge war der einzige Überlebende. Acht Jahre lang war er allein, wanderte durch ein verlassenes Land und suchte vergeblich nach seinesgleichen. Als er endlich in den Süden reiste, schloß er sich uns, den Santa Rosanern, an.

Aber ich greife meiner Geschichte voraus. Als das große Sterben in den Städten rund um die San Francisco Bay begann, und während die Telefone noch funktionierten, sprach ich mit meinem Bruder. Ich sagte ihm, daß diese Flucht aus den Städten Wahnsinn sei, daß es keine Symptome der Pest bei mir gäbe und daß wir uns und unsere Angehörigen an einem sicheren Ort isolieren müßten. Wir entschieden uns für das Chemiegebäude der Universität, und wir planten, dort einen Vorrat an Proviant und Waffen anzulegen, um zu verhindern, daß andere Personen uns ihre Anwesenheit aufzwingen könnten, nachdem wir uns in unsere Zuflucht zurückgezogen hätten.

Als all dies arrangiert war, bat mich mein Bruder, noch mindestens vierundzwanzig Stunden in meinem eigenen Haus zu bleiben, da die Möglichkeit bestand, daß sich die Pest in mir entwickeln könnte. Ich stimmte dem zu, und er versprach, mich am nächsten Tag abzuholen. Wir besprachen die Einzelheiten der Versorgung und der Verteidigung des Chemiegebäudes, bis das Telefon tot war. Es verstummte mitten in unserem Gespräch. An diesem Abend gab es kein elektrisches Licht, und ich war allein in meinem Haus in der Dunkelheit. Es wurden keine Zeitungen mehr gedruckt, so daß ich keine Ahnung hatte, was sich draußen abspielte. Ich hörte Geräusche von Aufruhr und Pistolenschüssen, und von meinen Fenstern aus konnte ich das grelle Licht am Himmel sehen, das von einer Feuersbrunst in Richtung Oakland ausging. Es war eine Nacht voller Schrecken. Ich habe kein Auge zugetan. Ein Mann – warum und wie, weiß ich nicht – wurde auf dem Bürgersteig vor dem Haus getötet. Ich hörte das schnelle Abfeuern einer automatischen Pistole, und ein paar Minuten später kroch der verwundete Elende stöhnend und um Hilfe schreiend vor meine Tür. Ich bewaffnete mich mit zwei Automatikwaffen und ging zu ihm. Im Licht eines Streichholzes stellte ich fest, daß er zwar an den Schußwunden starb, gleichzeitig aber auch von der Pest ergriffen war. Ich floh ins Haus, von wo aus ich ihn noch eine halbe Stunde länger stöhnen und schreien hörte.

Am Morgen kam mein Bruder zu mir. Ich hatte die wertvollen Dinge, die ich mitnehmen wollte, in einer Reisetasche gesammelt aber als ich sein Gesicht sah, wußte ich, daß er mich niemals zum Chemiegebäude begleiten würde. Die Pest hatte ihn heimgesucht. Er wollte mir die Hand schütteln, aber ich wich schnell vor ihm zurück.

‚Sieh dich im Spiegel an‘, befahl ich.

Er tat es, und beim Anblick seines scharlachroten Gesichts, dessen Farbe sich beim Betrachten vertiefte, sank er betäubt auf einen Stuhl.

‚Mein Gott!‘, sagte er. ‚Ich habe es. Komm mir nicht zu nahe. Ich bin ein toter Mann.‘

Dann wurde er von den Krämpfen ergriffen. Er lag zwei Stunden im Sterben, und er war bis zuletzt bei Bewußtsein und klagte über die Kälte und den Gefühlsverlust in seinen Füßen, Waden und Oberschenkeln, bis er endlich bei seinem Herz angelangt war, und er starb.

Auf diese Weise schlug der Scharlachrote Tod zu. Ich holte meine Reisetasche und floh. Der Anblick auf den Straßen war schrecklich. Überall stolperte man über Leichen. Einige waren noch nicht ganz tot. Und selbst während man hinsah, sah man Männer, die mit dem Tod behaftet waren, umsinken. In Berkeley loderten zahlreiche Brände, während Oakland und San Francisco anscheinend von gewaltigen Feuersbrünsten heimgesucht wurden. Der Rauch des Feuers erfüllte den Himmel, so daß am Mittag ein düsteres Zwielicht herrschte, und nur mit den Luftbewegungen durch den Wind manchmal die Sonne schwach, als eine blaßrote Kugel, hindurchschien. Wahrlich, meine Enkel, es war wie die letzten Tage des Weltuntergangs.

Es gab zahlreiche liegengebliebene Automobile, was zeigte, daß den Werkstätten die Vorräte an Benzin und für die Motoren ausgegangen waren. Ich erinnere mich an ein solches Automobil. Ein Mann und eine Frau lagen tot in den Sitzen, und auf dem Bürgersteig in der Nähe lagen zwei weitere Frauen und ein Kind. Allerorten befanden sich seltsame und schreckliche Anblicke. Die Menschen glitten schweigend und verstohlen umher, wie Geister – weißgesichtige Frauen, die Säuglinge in ihren Armen trugen; Väter, die Kinder an der Hand hielten; allein, zu zweit und in Familien – sie alle flohen aus der Stadt des Todes. Einige trugen Lebensmittelvorräte, andere Decken und Wertsachen, und es gab viele, die überhaupt nichts trugen.

Es gab ein Lebensmittelgeschäft – ein Ort, an dem Essen verkauft wurde. Der Mann, dem es gehörte – ich kannte ihn gut – ein ruhiger, nüchterner, aber dummer und sturer Kerl, verteidigte es. Die Fenster und Türen waren aufgebrochen worden, aber er, der sich drinnen hinter einem Tresen versteckte, feuerte seine Pistole auf eine Reihe von Männern auf dem Bürgersteig ab, die dabei waren, einzubrechen. Im Eingang befanden sich mehrere Leichen – Männer, so schloß ich, die er früher am Tag getötet hatte. Noch während ich aus der Ferne zuschaute, sah ich, wie einer der Räuber die Fenster des angrenzenden Geschäfts, in dem Schuhe verkauft wurden, einschlug und es absichtlich in Brand setzte. Ich eilte dem Lebensmittelhändler nicht zur Hilfe. Die Zeit für solche Taten war bereits vorbei. Die Zivilisation war am Zerbröckeln, und jeder war auf sich allein gestellt."

IV.

ICH ging eilig weg, eine Querstraße entlang, und an der ersten Ecke sah ich eine weitere Tragödie. Zwei Männer aus der Arbeiterklasse hielten einen Mann und eine Frau mit zwei Kindern fest und raubten sie aus. Ich kannte den Mann vom Sehen, obwohl ich ihm nie vorgestellt worden war. Er war ein Dichter, dessen Verse ich schon lange bewundert hatte. Doch ich habe ihm nicht geholfen, denn in dem Augenblick, als ich den Schauplatz betrat, wurde ein Pistolenschuß abgegeben, und ich sah, wie er zu Boden sank. Die Frau schrie und wurde von einer der Bestien mit einem Faustschlag niedergestreckt. Ich schrie drohend auf, woraufhin sie ihre Pistolen auf mich abfeuerten, und ich rannte um die Ecke. Hier wurde ich durch eine fortschreitende Feuersbrunst aufgehalten. Die Gebäude zu beiden Seiten brannten, und die Straße war von Rauch und Flammen erfüllt. Von irgendwo in dieser Dunkelheit drang eine Frauenstimme hervor, die schrill um Hilfe rief. Aber ich ging nicht zu ihr. Das Herz eines Menschen wurde inmitten solcher Szenen so kalt wie Stahl, und man hörte allzuviele Hilferufe.

Als ich um die Ecke zurückkehrte, sah ich, daß die die beiden Räuber weg waren. Der Dichter und seine Frau lagen tot auf dem Pflaster. Es war ein schokkierender Anblick. Die beiden Kinder waren verschwunden – wohin, konnte ich nicht sagen. Und jetzt wußte ich, warum die fliehenden Personen, denen ich begegnete, so verstohlen und mit so weißen Gesichtern dahinglitten. Mitten in unserer Zivilisation, unten in unseren Elendsvierteln und Arbeiterghettos, hatten wir eine Rasse von Barbaren, von Wilden herangezüchtet; und jetzt, in der Zeit unseres Unglücks, wandten sie sich gegen uns wie die wilden Tiere, die sie waren, und zerstörten uns. Und sie zerstörten auch sich selbst. Sie erhitzten sich mit Alkohol und begingen tausend Greueltaten, indem sie im allgemeinen Wahnsinn miteinander in Streit gerieten und sich gegenseitig töteten. Ich sah eine Gruppe von Arbeitern der besseren Sorte, die sich zusammengetan hatten; sie kämpften sich mit ihren Frauen und Kindern in ihrer Mitte, den Kranken und Alten in Sänften und getragen, und mit einer Reihe von Pferden, die einen Wagen mit Proviant zogen, aus der Stadt heraus. Sie ergaben ein schönes Spektakel, als sie die Straße hinunterkamen – durch den umhertreibenden Rauch, obwohl sie mich fast erschossen hätten, als ich plötzlich auf ihrem Weg erschien. Als sie vorbeigingen, rief mir einer ihrer Anführer eine entschuldigende Erklärung zu. Er sagte, daß sie die Räuber und Plünderer sofort, wenn sie ihrer ansichtig würden, töten würden und daß sie sich daher als einziges Mittel zusammengetan hätten, um den Herumtreibern zu entgehen.

Hier sah ich zum ersten Mal, was ich bald so oft sehen sollte. Einer der marschierenden Männer hatte plötzlich das unverkennbare Zeichen der Pest gezeigt. Sofort zogen sich seine Mitstreiter zurück, und er verließ ohne einen Einwand seinen Platz, um sie vorbeiziehen zu lassen. Eine Frau, höchstwahrscheinlich seine Ehefrau, versuchte, ihm zu folgen. Sie führte einen kleinen Jungen an der Hand. Aber der Ehemann befahl ihr streng, weiterzugehen, während andere sie festhielten und sie daran hinderten, ihm zu folgen. Das sah ich, und ich sah auch, wie der Mann mit seiner scharlachroten Gesichtsfarbe in einen Hauseingang auf der gegenüberliegenden Straßenseite trat. Ich hörte den Schuß seiner Pistole und sah, wie er leblos zu Boden sank.

Nachdem ich noch zweimal durch vorrückende Schüsse wieder zur Seite gedrängt worden war, gelang es mir, zur Universität vorzudringen. Am Rande des Campus stieß ich auf eine Gruppe von Universitätsangehörigen, die in Richtung des Chemiegebäudes gingen. Es waren alles Familienväter, und ihre Familien waren bei ihnen, einschließlich der Kindermädchen und der Bediensteten. Professor Badminton begrüßte mich, und ich hatte Schwierigkeiten, ihn zu erkennen. Irgendwo war er durch Flammen gegangen, und sein Bart war versengt. Um seinen Kopf war ein blutiger Verband gewunden, und seine Kleidung war schmutzig. Er erzählte mir, daß er von Herumtreibern grausam geschlagen worden sei und daß sein Bruder in der Nacht zuvor bei der Verteidigung ihrer Wohnung getötet worden sei.

Auf halbem Weg über den Campus wies er plötzlich auf Mrs. Swintons Gesicht. Das unverkennbare Scharlachrot war da. Sofort erhoben alle anderen Frauen ein Geschrei und begannen, vor ihr wegzulaufen. Ihre beiden Kinder waren bei einem Kindermädchen, und auch diese liefen mit den Frauen. Aber ihr Ehemann, Dr. Swinton, blieb bei ihr.

‚Gehen Sie weiter, Smith‘, sagte er zu mir. ‚Behalten Sie ein Auge auf die Kinder. Was mich betrifft, so bleibe ich bei meiner Frau. Ich weiß, daß sie bereits tot ist, aber ich kann sie nicht verlassen. Später, falls ich davonkomme, werde ich zum Chemiegebäude kommen, und Sie halten bitte nach mir Ausschau und lassen mich hinein.‘

Ich verließ ihn, während er sich über seine Frau beugte und ihr in ihren letzten Momenten Trost zusprach, während ich rannte, um die Gruppe einzuholen. Wir waren die letzten, die in das Chemiegebäude eingelassen wurden. Danach hielten wir mit unseren automatischen Gewehren unsere Isolation aufrecht. Wir hatten geplant, eine Kompanie von sechzig Mann in dieser Zuflucht unterzubringen. Statt dessen hatte jede der ursprünglich geplanten Personen Verwandte, Freunde und ganze Familien hinzugefügt, bis über vierhundert Seelen da waren. Aber das Chemiegebäude war groß, und da es für sich allein stand, bestand keine Gefahr, von den großen Bränden, die überall in der Stadt wüteten, ergriffen zu werden.

Eine große Menge an Proviant war zusammengetragen worden, und ein Lebensmittelausschuß kümmerte sich darum, indem er täglich Rationen an die verschiedenen Familien und Gruppen ausgab, die sich in dem Durcheinander zusammengefunden hatten. Es wurden eine Reihe von Ausschüssen eingerichtet, und wir entwickelten eine sehr effiziente Organisation. Ich gehörte dem Verteidigungsausschuß an, obwohl am ersten Tag keine Herumtreiber in die Nähe kamen. Wir konnten sie jedoch in der Ferne sehen und wußten durch den Rauch ihrer Feuer, daß sich mehrere Lager von ihnen am äußersten Rand des Campus befanden. Die Trunkenheit war weit verbreitet, und oft hörten wir sie schmutzige Lieder singen oder wie Wahnsinnige schreien. Während die Welt um sie herum in Schutt und Asche zerfiel und die ganze Luft mit dem

Rauch ihres Verbrennens erfüllt war, ließen diese niederen Geschöpfe ihrer Bestialität die Zügel schießen, kämpften und tranken und starben. Und warum auch nicht? Es starben ohnehin alle, die Guten und die Bösen, die Tüchtigen und die Schwächlinge, die, die das Leben liebten, und die, die das Leben verachteten. Sie starben. Alles starb.

Als vierundzwanzig Stunden vergangen waren und keine Anzeichen der Pest zu erkennen waren, beglückwünschten wir uns und machten uns daran, einen Brunnen zu graben. Ihr habt die großen Eisenrohre gesehen, die damals Wasser zu allen Stadtbewohnern brachten. Wir befürchteten, daß die Brände in der Stadt die Rohre zum Platzen bringen und die Reservoirs leeren würden. Also rissen wir den Zementboden des zentralen Hofes des Chemiegebäudes auf und gruben einen Brunnen. Es waren viele junge Männer, Studenten, bei uns, und wir arbeiteten Tag und Nacht an dem Brunnen. Und unsere Befürchtungen wurden bestätigt. Drei Stunden, bevor wir auf Wasser stießen, kam kein Wasser mehr aus den Rohren.

Weitere vierundzwanzig Stunden vergingen, und noch immer erschien die Pest nicht unter uns. Wir dachten, wir seien gerettet. Aber wir wußten nicht, was ich im Nachhinein erkannte, daß nämlich die Zeit der Inkubation der Pestkeime im menschlichen Körper eine Frage von mehreren Tagen war. Die Pest streckte die Menschen so schnell nieder, wenn sie sich einmal manifestiert hatte, daß wir glaubten, die Inkubationszeit sei ebenso kurz. Als wir daher nach zwei Tagen noch unversehrt waren, waren wir beschwingt bei dem Gedanken, daß wir frei von der Ansteckung waren.

Aber der dritte Tag desillusionierte uns. Ich kann die vorausgehende Nacht nie vergessen. Ich hatte von acht bis zwölf Uhr die Nachtwache, und vom Dach des Gebäudes aus beobachtete ich die Auslöschung aller glorreichen Werke des Menschen. Die örtlichen Feuersbrünste waren so schrecklich, daß der ganze Himmel erleuchtet war. Man konnte in dem roten Leuchten die kleinste Schrift lesen. Die ganze Welt schien in Flammen gehüllt. San Francisco spuckte Rauch und Feuer aus einer Vielzahl von gewaltigen Feuersbrünsten, die wie ebenso viele aktive Vulkane aussahen. Oakland, San Leandro, Haywards – alles brannte, und im Norden, mit klarer Sicht bis Point Richmond, waren weitere Feuer am Werk. Es war ein furchteinflößendes Spektakel. Die Zivilisation, meine Enkel, die Zivilisation verging in einem Flammenmeer und einem Todeshauch. Um zehn Uhr in dieser Nacht explodierten die großen Pulvermagazine am Point Pinole in rascher Folge. Die Erschütterungen waren so schrecklich, daß das starke Gebäude wie bei einem Erdbeben schaukelte, während jede Glasscheibe zerbrach. Zu diesem Zeitpunkt verließ ich das Dach und ging die langen Korridore hinunter, von Zimmer zu Zimmer, um die erschrockenen Frauen zu beruhigen und ihnen zu erzählen, was geschehen war.

Eine Stunde später hörte ich an einem Fenster im Erdgeschoß, wie in den Lagern der Herumtreiber ein schrecklicher Tumult ausbrach. Es ertönten Rufe und

Schreie und Schüsse aus vielen Pistolen. Wie wir im Nachhinein vermuteten, war dieser Kampf durch den Versuch derer, denen es gut ging, die Kranken zu vertreiben, ausgelöst worden. Jedenfalls floh eine Reihe der von der Pest befallenen Herumtreiber über den Campus und drängte gegen unsere Türen. Wir forderten sie auf, zurückzutreten, aber sie fluchten nur über uns und feuerten eine Salve aus ihren Pistolen ab. Professor Merryweather wurde an einem der Fenster sofort getötet, wobei ihn die Kugel genau zwischen die Augen traf. Wir eröffneten unsererseits das Feuer, und mit Ausnahme von drei Personen flohen alle Herumtreiber. Einer war eine Frau. Die Pest hatte sie befallen, und sie achteten nicht auf die Gefahr. Wie wahre Teufel verfluchten und beschossen sie uns in dem roten Licht des Himmels und mit glühenden Gesichtern. Einen der Männer habe ich mit eigener Hand erschossen. Danach legten sich der andere Mann und die Frau, die uns immer noch verfluchten, unter unsere Fenster, wo wir gezwungen waren, ihnen beim Sterben an der Pest zuzusehen.

Die Situation war kritisch. Die Explosionen der Pulvermagazine hatten alle Fenster des Chemiegebäudes eingeschlagen, so daß wir den Keimen der Leichen ausgesetzt waren. Der Sanitätsausschuß wurde zum Handeln aufgefordert, und er reagierte edelmütig. Zwei Männer wurden aufgefordert, die Leichen zu entfernen, und das bedeutete das wahrscheinliche Opfer ihres eigenen Lebens, denn nachdem sie ihre Aufgabe erfüllt hatten, durften sie das Gebäude nicht mehr betreten. Einer der Professoren, der ein Junggeselle war, und einer der Studenten meldeten sich freiwillig. Sie verabschiedeten sich von uns und gingen hinaus. Sie waren Helden. Sie opferten ihr Leben, damit vierhundert andere leben konnten. Nachdem sie ihr Werk vollbracht hatten, standen sie für einen Moment in der Ferne und sahen uns wehmütig an. Dann winkten sie zum Abschied mit den Händen und gingen langsam über den Campus in Richtung der brennenden Stadt.

Und doch war alles nutzlos. Am nächsten Morgen war der erste von uns von der Pest befallen – ein junges Kindermädchen aus der Familie von Professor Stout. Es war keine Zeit für weichherzige, sentimentale Politik. Auf die Möglichkeit hin, daß sie die Einzige sein könnte, stießen wir sie aus dem Gebäude und befahlen ihr, wegzugehen. Sie ging langsam quer über den Campus weg, rang die Hände und weinte zum Erbarmen. Wir kamen uns wie Bestien vor, aber was sollten wir tun? Wir waren vierhundert, und Einzelne mußten geopfert werden.

In einem der Labore hatten sich drei Familien niedergelassen, und an diesem Nachmittag fanden wir unter ihnen nicht weniger als vier Leichen und sieben Fälle der Pest in all ihren verschiedenen Stadien.

Zu diesem Zeitpunkt begann das Grauen. Wir ließen die Toten dort, wo sie niedergefallen waren, und zwangen die Lebenden, sich in einem anderen Raum auszusondern. Die Seuche begann unter uns anderen auszubrechen, und so schnell wie die Symptome auftraten, schickten wir die Betroffenen in diese getrennten Räume. Wir zwangen sie, von sich aus dorthin zu gehen, um zu vermeiden, daß wir Hand an sie legen müßten. Es war herzzerreißend. Aber noch immer wütete die Pest unter uns, und Raum um Raum füllte sich mit Toten und Sterbenden. Und so zogen wir, die wir noch unversehrt waren, uns in den nächsten Stock zurück, und in den nächsten, vor diesem Totenmeer, das Raum für Raum und Stockwerk für Stockwerk das Gebäude überschwemmte.

Der Ort wurde zu einem Beinhaus, und mitten in der Nacht flohen die Überlebenden und nahmen nichts mit außer Waffen und Munition und einen schweren Vorrat an Konserven. Wir kampierten auf der den Herumtreibern gegenüberliegenden Seite des Campus, und während einige von uns Wache hielten, meldeten sich andere freiwillig, um die Stadt auszukundschaften, auf der Suche nach Pferden, Automobilen, Karren und Wagen oder allem, was unseren Proviant transportieren und es uns ermöglichen würde, den Gruppen von Arbeitern nachzueifern, die ich gesehen hatte, wie sie sich ihren Weg ins offene Land erkämpften.

Ich war einer dieser Kundschafter, und Doktor Doyle erinnerte sich, daß sein Automobil in seiner heimischen Garage zurückgelassen worden war, und sagte mir, ich solle danach suchen. Wir gingen jeweils zu zweit auf Erkundung aus, und Dombey, ein junger Student, begleitete mich. Wir mußten eine halbe Meile des Wohngebietes der Stadt durchqueren, um zu Dr. Hoyles Haus zu gelangen. Hier standen die Gebäude mit Abstand zueinander, inmitten von Bäumen und Rasenflächen, und hier hatten die Feuer Würfel gespielt, indem sie ganze Straßenzüge verbrannten, andere übersprangen und oft ein einzelnes Haus in einer Reihe verschonten. Und auch hier waren die Plünderer noch bei ihrer Arbeit. Wir trugen unsere automatischen Pistolen offen in der Hand und sahen entschlossen genug aus, entschlossen genug, um sie davon abzuhalten, uns anzugreifen. Aber bei Dr. Hoyle zu Hause passierte die Sache. Unberührt vom Feuer, als wir zu ihm kamen, brach plötzlich der Rauch der Flammen hervor.

Der Schurke, der es in Brand gesetzt hatte, taumelte die Stufen hinunter und die Auffahrt entlang. Aus seinen Manteltaschen ragten Whiskyflaschen heraus, und er war sehr betrunken. Mein erster Impuls war, ihn zu erschießen, und ich habe nie aufgehört zu bedauern, daß ich es nicht getan habe. Er taumelte und brabbelte vor sich hin, mit blutunterlaufenen Augen und einer scheußlichen blutenden Schnittwunde an einer Seite seines bärtigen Gesichts, und er war alles in allem das ekelerregendste Exemplar von Niedrigkeit und Schmutz, dem ich je begegnet war. Ich erschoß ihn nicht, und er lehnte sich gegen einen Baum auf dem Rasen, um uns vorbeigehen zu lassen. Gerade als wir ihm gegenüberstanden, zog er plötzlich eine Pistole und schoß Dombey durch den Kopf. Es war die absolut schlimmste, böswilligste Tat. Im nächsten Augenblick schoß ich auf ihn. Aber es war zu spät.

Dombey starb sofort, ohne ein Stöhnen. Ich bezweifle, daß er überhaupt wußte, was mit ihm geschehen war.

Indem ich die beiden Leichen zurückließ, eilte ich an dem brennenden Haus vorbei in die Garage und fand dort Doktor Doyles Automobil. Die Tanks waren mit Benzin gefüllt, und es war fahrtüchtig. Und mit diesem Automobil fuhr ich durch die Straßen der zerstörten Stadt und kehrte zu den Überlebenden auf dem Campus zurück. Die anderen Kundschafter kehrten zurück, aber keiner hatte so viel Glück gehabt. Professor Fairmead hatte ein Shetlandpony gefunden, aber das arme Tier, das tagelang in einem Stall angebunden und vergessen worden war, war so schwach vor Nahrungs- und Wassermangel, daß es überhaupt keine Last tragen konnte. Einige der Männer waren dafür, es freizulassen, aber ich bestand darauf, daß wir es mit uns führen sollten, damit wir es essen könnten, wenn wir keine Nahrung mehr hätten.

Wir waren siebenundvierzig, als wir aufbrachen, viele darunter waren Frauen und Kinder. Der Präsident der Fakultät, zum einen ein alter Mann und jetzt hoffnungslos gebrochen durch die schrecklichen Geschehnisse der vergangenen Woche, fuhr im Automobil mit mehreren kleinen Kindern und der betagten Mutter Professor Fairmeads. Wathope, ein junger Englischprofessor, der eine schwere Schußwunde im Bein hatte, fuhr den Wagen. Der Rest von uns ging zu Fuß, Professor Fairmead führte das Pony.

Es war ein Tag, der ein schöner Sommertag hätte sein sollen, aber der Rauch der brennenden Welt erfüllte den Himmel, durch den die Sonne lustlos schien, eine trübe und leblose Kugel, blutrot und unheilvoll. Aber wir hatten uns an diese blutrote Sonne gewöhnt. Mit dem Rauch war es anders. Er brannte in unseren Nasenlöchern und Augen, und es gab nicht einen von uns, dessen Augen nicht blutunterlaufen waren. Wir richteten unseren Kurs nach Südosten durch die endlosen Meilen der Vorstadtsiedlungen und gingen dorthin, wo die ersten Erhebungen niedriger Hügel aus der Ebene der zentralen Stadt aufstiegen. Nur auf diese Weise hatten wir eine Aussicht, das Land zu erreichen.

Wir kamen nur quälend langsam voran. Die Frauen und Kinder konnten nicht schnell gehen. Sie hätten sich im Traum nicht vorstellen können, meine Enkel, wie die Menschen heute laufen. In Wahrheit wußte keiner von uns, wie man richtig läuft. Erst nach der Pest habe ich wirklich laufen gelernt. So war das Tempo der Langsamsten das Tempo aller, denn wir wagten es wegen der Plünderer nicht, uns zu trennen. Jetzt gab es nicht mehr so viele dieser menschlichen Raubtiere. Die Pest hatte ihre Zahl bereits deutlich verringert, aber es waren immer noch genug am Leben, um eine ständige Bedrohung für uns zu sein. Viele der schönen Häuser waren vom Feuer verschont geblieben, doch es standen auch überall rauchende Ruinen. Auch die Plünderer schienen ihr unsinniges Verlangen, zu verbrennen, überwunden zu haben, und wir sahen nun seltener Häuser, die frisch in Flammen standen.

Mehrere von uns durchsuchten die Privatgaragen nach Automobilen und Benzin. Aber wir hatten keinen Erfolg. Die ersten großen Fluchten aus den Städten hatten all diese Versorgungseinrichtungen weggefegt. Calgan, ein tüchtiger junger Mann, ließ während dieser Arbeit sein Leben. Er wurde von Plünderern beim Überqueren eines Rasens erschossen. Doch dies war unser einziger Verlust, obwohl einmal ein betrunkener Rohling bewußt das Feuer auf uns alle eröffnete. Glücklicherweise feuerte er wild um sich, und wir erschossen ihn, ehe er irgendeinen Schaden anrichten konnte.

In Fruitvale, immer noch im Herzen des prächtigen Wohnviertels der Stadt, fiel die Pest erneut bei uns ein. Professor Fairmead war das Opfer. Indem er uns bedeutete, daß seine Mutter nichts davon erfahren sollte, bog er auf das Gelände einer wunderschönen Villa ab. Er setzte sich traurig auf die Stufen der vorderen Veranda, und ich, der ich noch etwas gewartet hatte, winkte ihm ein letztes Mal zum Abschied. In dieser Nacht, einige Meilen hinter Fruitvale und immer noch in der Stadt, schlugen wir unser Lager auf. Und in dieser Nacht verlegten wir das Lager zweimal, um uns von unseren Toten zu entfernen. Am Morgen gab es noch dreißig von uns. Ich werde nie den Präsidenten der Fakultät vergessen. Während des Vormittagsmarsches zeigte seine Frau, die zu Fuß unterwegs war, die tödlichen Symptome, und als sie beiseite trat, um uns vorbeiziehen zu lassen, bestand er darauf, das Auto zu verlassen und bei ihr zu bleiben. Es gab eine ziemliche

Diskussion darüber, aber am Ende gaben wir nach. Das war auch einerlei, denn wir wußten ohnehin nicht, wer von uns, wenn überhaupt irgend jemand, am Ende entkommen würde.

In dieser Nacht, der zweiten unseres Marsches, lagerten wir außerhalb von Haywards in den ersten Teilen des freien Land. Und am Morgen waren wir noch elf lebende Personen. In der Nacht verließ uns Wathope, der Professor mit dem verwundeten Bein, im Automobil. Er nahm seine Schwester und seine Mutter und den größten Teil unserer Konserven mit. An diesem Tag, am Nachmittag, als ich mich am Wegrand ausruhte, sah ich das letzte Luftschiff, das ich jemals sehen sollte. Der Rauch war hier auf dem Land viel dünner, und ich sah das Schiff zum ersten Mal in einer Höhe von zweitausend Fuß herumtreiben und sich hilflos am Himmel drehen. Was geschehen war, konnte ich mir nicht erklären, aber noch während wir hinschauten, sahen wir, wie der Bug immer tiefer und tiefer sank. Dann müssen die Schotten der verschiedenen Gaszellen geplatzt sein, denn es fiel ganz senkrecht wie ein Stein auf die Erde. Und von diesem Tag an bis heute habe ich kein anderes Luftschiff mehr gesehen. Immer wieder habe ich in den nächsten Jahren den Himmel nach ihnen abgesucht, in der vergeblichen Hoffnung, daß irgendwo auf der Welt die Zivilisation überlebt hätte. Aber es sollte nicht sein. Was mit uns in Kalifornien geschah, muß überall auf der Welt mit allen Menschen geschehen sein.

Nach einem weiteren Tag, in Niles, waren wir nur noch zu dritt. Außerhalb von Niles, mitten auf der Landstraße, fanden wir Wathope. Das Automobil hatte eine Motorpanne, und dort, auf den Decken, die sie auf dem Boden ausgebreitet hatten, lagen die Leichen seiner Schwester, seiner Mutter und von ihm selbst.

Erschöpft von der ungewohnten Übung des ständigen Gehens, schlief ich in dieser Nacht tief. Am Morgen war ich allein auf der Welt. Canfield und Parsons, meine letzten Gefährten, waren an der Pest gestorben. Von den vierhundert, die im Chemiegebäude Zuflucht gesucht, und von den siebenundvierzig, die den Marsch begannen hatten, war ich allein übrig geblieben – ich und das Shetlandpony. Warum das so sein sollte, kann ich mir nicht erklären. Ich habe mich nicht mit der Pest angesteckt, das ist alles. Ich war immun. Ich war einfach der eine Glückspilz unter Millionen – so wie jeder Überlebende einer unter einer Million war, oder besser gesagt, unter mehreren Millionen, denn die Verhältnisse waren mindestens so groß."

V.

ZWEI Tage lang wohnte ich in einem angenehmen Hain, wo es keine Leichen gab. In diesen zwei Tagen war ich zwar sehr niedergeschlagen und glaubte, daß jeden Augenblick die Reihe mich kommen würde, aber ich ruhte mich dennoch aus und erholte mich. Das Pony auch. Und am dritten Tag legte ich den kleinen Vorrat an Konserven, den ich besaß, auf den Rücken des Ponys und machte mich auf den Weg durch ein sehr einsames Land. Ich begegnete keinem lebenden Mann, keiner Frau und keinem Kind, obwohl die Toten allgegenwärtig waren. Nahrung war jedoch reichlich vorhanden. Das Land war damals nicht so, wie es heute ist. Alles war von Bäumen und Gestrüpp gerodet und es war kultiviert. Die Nahrung für Millionen von Mündern wuchs, reifte und verdarb. Von den Feldern und aus den Obstgärten sammelte ich Gemüse, Früchte und Beeren. Um die verlassenen Bauernhäuser herum bekam ich Eier und fing Hühner. Und häufig fand ich in den Vorratskammern eingemachte Vorräte.

Seltsam war, was mit all den Haustieren geschah. Überall gingen sie wild umher und jagten sich gegenseitig. Die Hühner und Enten waren die ersten, die ausgelöscht wurden, während die Schweine als erste verwilderten, gefolgt von den Katzen. Auch die Hunde brauchten nicht lange, um sich an die veränderten Bedingungen anzupassen. Es gab eine regelrechte Hundeplage. Sie fraßen die Leichen auf, bellten und heulten in den Nächten und schlichen tagsüber in der Ferne umher. Im Laufe der Zeit bemerkte ich eine Veränderung in ihrem Verhalten. Zuerst waren sie Einzelgänger, sehr mißtrauisch und sehr kampfbereit. Aber nach nicht allzu langer Zeit begannen sie zusammenzukommen und Rudel zu bilden. Wißt ihr, der

Hund war immer ein geselliges Tier, und das war schon immer so, bevor er vom Menschen gezähmt wurde. In den letzten Tagen der Welt vor der Pest gab es viele, viele sehr unterschiedliche Arten von Hunden – Hunde ohne Haare und Hunde mit warmem Fell, Hunde, die so klein waren, daß sie anderen Hunden, die so groß wie Berglöwen waren, kaum den Mund voll machten. Nun, all die kleinen Hunde und die schwächlichen Rassen wurden von ihren Artgenossen getötet. Auch die sehr großen Hunde waren nicht für ein Leben in der Wildnis geeignet und starben aus. Infolgedessen verschwanden die vielen verschiedenen Arten von Hunden, und es blieben die mittelgroßen wolfsähnlichen Hunde, die ihr heute kennt, und die in Rudeln laufen.

„Aber die Katzen laufen nicht in Rudeln, Großvater", erhob Huhu Einspruch.

„Die Katze war nie ein geselliges Tier. Wie ein Schriftsteller im neunzehnten Jahrhundert sagte, ist die Katze ein Einzelgänger. Sie war immer allein, von vor der Zeit, als sie vom Menschen gezähmt wurde, über die langen Zeitalter der Domestikation bis heute, wo sie wieder wild ist.

„Die Pferde sind auch wild geworden, und all die schönen Rassen, die wir hatten, sind zu dem kleinen Wildpferd degeneriert, das ihr heute kennt. Auch die Kühe verwilderten, ebenso wie die Tauben und die Schafe. Und daß einige der Hühner überlebten, wißt ihr selbst. Aber das wilde Huhn von heute ist etwas ganz anderes als die Hühner, die wir damals hatten.

Aber ich muß mit meiner Geschichte weitermachen. Ich reiste durch ein verlassenes Land. Im Laufe der Zeit begann ich mich mehr und mehr nach Menschen zu sehnen. Aber ich fand keine, und ich wurde immer einsamer und einsamer. Ich durchquerte das Livermore-Tal und die Berge zwischen diesem und dem großen Tal des San Joaquin. Ihr habt dieses Tal nie gesehen, aber es ist sehr groß, und es ist die Heimat der Wildpferde. Es gibt dort große Pferdeherden, mit tausende und abertausenden von Tieren. Ich habe es dreißig Jahre später noch einmal besucht, daher weiß ich es. Ihr glaubt, daß es hier unten in den Küstentälern viele Wildpferde gibt, aber sie sind nichts im Vergleich zu denen am San Joaquin. Merkwürdig ist, daß die Kühe, als sie wild wurden, sich in die bergigen Gegenden zurückzogen. Offensichtlich konnten sie sich dort besser schützen.

In den ländlichen Gegenden gab es offenbar weniger Leichenfledderer und Herumtreiber, denn ich fand viele Dörfer und Städte, die vom Feuer unberührt waren. Aber sie waren mit Pesttoten angefüllt, und ich passierte sie, ohne sie zu erkunden. Es war in der Nähe von Lathrop, als ich aus meiner Einsamkeit heraus zwei Collie-Hunde aufnahm, die erst seit so kurzer Zeit allein waren, daß sie mehr als bereit waren, sich wieder einem Menschen anzuschließen. Diese Collies begleiteten mich viele Jahre lang, und ihr Erbe steckt in eben jenen Hunden dort, die ihr Jungen heute habt. Aber in sechzig Jahren hat sich das Collie-Erbe verloren. Diese Tiere sind mehr domestizierte Wölfe als alles andere".

Hasenscharte erhob sich auf seine Füße, um nachzusehen, ob die Ziegen in Sicherheit waren, betrachtete den Stand der Sonne am Nachmittagshimmel und zeigte dadurch seine Ungeduld für die Weitläufigkeit der Geschichte des alten Mannes. Von Edwin zur Eile gedrängt, fuhr Großvater fort.

„Es gibt wenig mehr zu erzählen. Mit meinen zwei Hunden und meinem Pony und auf einem Pferd reitend, das ich erbeuten konnte, überquerte ich den San Joaquin und ging weiter in ein wunderbares Tal in den Sierras, das Yosemite heißt. In dem großen Hotel dort fand ich einen ungeheuren Vorrat an Konserven. Die Wiesen waren ebenso üppig wie das Wild reichlich, und der Fluß, der durch das Tal floß, war voller Forellen. Ich blieb dort drei Jahre lang in einer völligen Einsamkeit, die niemand außer einem Mann, der einst hochzivilisiert war, verstehen kann. Dann konnte ich es nicht mehr ertragen. Ich fühlte, daß ich verrückt werden würde. Wie der Hund war ich ein geselliges Lebewesen, und ich brauchte meinesgleichen. Ich dachte, daß, da ich die Pest überlebt hatte, die Möglichkeit bestünde, daß auch andere überlebt hatten. Außerdem dachte ich, daß nach drei Jahren alle Pestkeime verschwunden und das Land wieder sauber sein müsse.

Mit meinem Pferd, meinen Hunden und meinem Pony machte ich mich auf den Weg. Wieder überquerte ich das San-Joaquin-Tal, die Berge dahinter und kam ins Livermore-Tal hinunter. Die Veränderung in diesen drei Jahren war erstaunlich. Das ganze Land war prächtig bestellt gewesen, und jetzt konnte ich es kaum wiedererkennen, von solchen Ausmaßen war der Ozean üppiger Vegetation, der die landwirtschaftliche Arbeit der Menschen überrollt hatte. Seht ihr, der Weizen, das Gemüse und die Obstbäume waren immer von Menschenhand gehegt und gepflegt worden, so daß sie weich und zart waren. Das Unkraut, die wilden Sträucher und dergleichen wurden dagegen immer von Menschenhand bekämpft, so daß sie zäh und widerstandsfähig waren. Als die Hand des Menschen entfernt wurde, erstickte und zerstörte die wilde Vegetation daher praktisch die gesamte gehegte und angebaute Vegetation. Die Kojoten hatten sich stark vermehrt, und zu dieser Zeit begegnete ich zum ersten Mal Wölfen, die zu zweit und zu dritt und in kleinen Rudeln aus den Regionen herzogen, in denen sie immer gelebt hatten.

Es war am Lake Temescal, nicht weit von der einstigen Stadt Oakland entfernt, wo ich auf die ersten lebenden Menschen traf. Oh, meine Enkel, wie kann ich euch meine Gefühle beschreiben, als ich auf meinem Pferd sitzend den Hang zum See hinunterritt und den Rauch eines Lagerfeuers durch die Bäume aufsteigen sah. Fast hätte mein Herz aufgehört zu schlagen. Ich glaubte, daß ich verrückt würde. Dann hörte ich den Schrei eines Säuglings, eines menschlichen Säuglings. Und Hunde bellten, und meine Hunde antworteten. Ich hatte geglaubt, daß ich der einzige lebende Mensch auf der ganzen Welt wäre. Es konnte nicht wahr sein, daß hier der Rauch von anderen war und ein Säugling schrie.

Als ich am See anlangte, sah ich dort, vor meinen Augen, keine hundert Meter entfernt, einen Mann, einen großen Mann. Er stand auf einem aus dem See ragenden Felsen und fischte. Ich war überwältigt. Ich hielt mein Pferd an. Ich versuchte zu rufen, vermochte es aber nicht. Ich winkte mit der Hand. Es schien mir, daß der Mann mich ansah, aber er schien nicht zu winken. Dann legte ich, wie ich im Sattel saß, meinen Kopf auf meine Arme. Ich hatte Angst, noch einmal hinzusehen, denn ich wußte, daß es eine Halluzination war, und ich wußte, daß der Mann verschwunden sein würde, wenn ich hinschaute. Und die Halluzination war so kostbar, daß ich wollte, daß sie noch eine Weile anhielte. Ich wußte auch, daß sie andauern würde, solange ich nicht hinschaute.

So blieb ich, bis ich meine Hunde knurren und die Stimme eines Mannes sprechen hörte. Was, glaubt ihr, sagte die Stimme? Ich werde es euch sagen. Sie sagte: *‚Wo zum Teufel kommen Sie denn her?‘*

Das waren die Worte, die genauen Worte. Das hat dein anderer Großvater zu mir gesagt, Hasenscharte, als er mich vor siebenundfünfzig Jahren am Ufer des Temescalsees begrüßte. Und es waren die unbeschreiblichsten Worte, die ich je gehört habe. Ich öffnete meine Augen, und da stand er vor mir, ein großer, dunkler, behaarter Mann, mit kräftigen Kiefern, zusammengezogenen Augenbrauen und wütenden Augen. Wie ich von meinem Pferd gestiegen bin, weiß ich nicht. Aber es schien mir, als ob ich im nächsten Moment seine Hand mit meinen beiden umklammerte und weinte. Ich hätte ihn umarmt, aber er war immer ein engstirniger, mißtrauischer Mann, und er zog sich von mir zurück. Und doch klammerte ich mich an seine Hand und weinte."

Großvaters Stimme stockte und brach bei der Erinnerung, und die schwachen Tränen flossen ihm über die Wangen, während die Jungen zuschauten und kicherten.

„Dennoch weinte ich", fuhr er fort, „und sehnte mich danach, ihn zu umarmen, obwohl der Fahrer ein Rohling war, ein völliger Rohling – der abscheulichste Mann, den ich je gekannt habe. Sein Name war ... seltsam, daß ich seinen Namen vergessen habe. Alle nannten ihn Fahrer – es war der Name seines Berufes, und er blieb haften. So heißt der Stamm, den er gegründet hat, bis heute der Fahrer-Stamm.

Er war ein gewalttätiger, ungerechter Mann. Warum die Pestkeime ihn verschonten, werde ich nie verstehen. Es scheint, trotz unserer alten metaphysischen Vorstellungen von absoluter Gerechtigkeit, daß es im Universum keine Gerechtigkeit gibt. Warum hatte er überlebt? – Ein bösartiges, moralisches Ungeheuer, ein Schandfleck auf dem Antlitz der Natur, ein grausamer, unerbittlicher, bestialischer Betrüger zudem. Alles, worüber er reden konnte, waren Kraftfahrzeuge, Maschinen, Benzin und Werkstätten – und vor allem, und mit großem Vergnügen, über seine niedrigen Diebstähle und schmutzigen Betrügereien, die er in den Tagen vor der Ankunft der Pest verübt hatte. Und doch wurde er verschont, während Hunderte von Millionen, ja Milliarden besserer Menschen vernichtet worden waren.

Ich ging mit ihm zu seinem Lager weiter, und dort sah ich sie, Vesta, die eine Frau. Es war herrlich und ... erbärmlich. Da war sie, Vesta Van Warden, die junge Ehefrau von John Van Warden, in Lumpen gekleidet, mit zerschlagenen und vernarbten und von der Mühsal schwieligen Händen, wie sie sich über das Lagerfeuer beugte, Vesta, die in den Prunk des größten Wohlstands, den die Welt je gekannt hat, geboren worden war. John Van Warden, ihr Ehemann, der eine Milliarde achthundert Millionen wert und Präsident des Vorstands der Industriemagnaten war, war der Herrscher Amerikas gewesen. Als Mitglied des Internationalen Kontrollrats war er zudem einer der sieben Männer gewesen, die die Welt regierten. Und sie selbst war von ebenso edler Herkunft. Ihr Vater, Philip Saxon, war bis zum Zeitpunkt seines Todes Präsident des Rats der Industriemagnaten gewesen. Dieses Amt war im Begriff, vererbbar zu werden, und wenn Philip Saxon einen Sohn gehabt hätte, so hätte dieser Sohn seine Nachfolge angetreten. Aber sein einziges Kind war Vesta, die makellose Blüte von Generationen der höchsten Kultur, die dieser Planet je hervorgebracht hat. Erst als die Verlobung zwischen Vesta und Van Warden stattgefunden hatte, gab Saxon letzteren als seinen Nachfolger an. Es war, da bin ich mir sicher, eine politische Ehe. Ich habe Grund zu der Annahme, daß Vesta ihren Ehemann nie wirklich mit jener Leidenschaft geliebt hat, wie die Dichter sie früher gesungen haben. Es war eher eine Ehe, wie sie unter gekrönten Häuptern in den Tagen vor ihrer Vertreibung durch die Magnaten geschlossen wurde.

Und da war sie nun, eine Fischsuppe in einem mit Ruß bedeckten Topf kochend, ihre strahlenden Augen vom beißenden Rauch des offenen Feuers entzündet.

Ihre Geschichte war eine traurige. Sie war die einzige Überlebende unter einer Million, wie ich es war, wie der Fahrer es war. Auf einer krönenden Anhöhe der Alameda Hills, mit Blick auf die San Francisco Bay, hatte Van Warden einen riesigen Sommerpalast gebaut. Er war von einem tausend Hektar großen Park umgeben. Als die Pest ausbrach, schickte Van Warden sie dorthin.

Bewaffnete Wachen patrouillierten an den Grenzen des Parks, und nichts an Proviant oder auch nur Postsendungen gelangte hinein, was nicht zuvor ausgeräuchert worden war. Und doch drang die Pest ein, tötete die Wachen auf ihren Posten, die Bediensteten bei ihren Aufgaben, fegte die ganze Armee von Gefolgsleuten hinweg – oder zumindest alle, die nicht flohen, um anderswo zu sterben.

So kam es, daß Vesta die einzige lebende Person in dem Palast war, der zu einem Beinhaus geworden war.

Es begab sich, daß der Fahrer einer der Bediensteten gewesen war, die weggelaufen waren. Als er zwei Monate später zurückkehrte, entdeckte er Vesta in einem kleinen Sommerpavillon, in dem es keine Todesfälle gegeben hatte und wo sie sich niedergelassen hatte. Er war ein Rohling. Sie hatte Angst, und sie lief weg und versteckte sich zwischen den Bäumen. In dieser Nacht floh sie zu Fuß in die Berge – sie, deren zarte Füße und zarter Körper weder die Prellungen von Steinen noch die Kratzer von Dornbüschen kannte. Er folgte ihr, und in dieser Nacht fing er sie ein. Er schlug sie. Habt ihr verstanden? Er schlug sie mit seinen schrecklichen Fäusten und machte sie zu seiner Sklavin. Sie war es, die Brennholz sammeln, Feuer machen, kochen und all die erniedrigende Lagerarbeit verrichten mußte, die sie nie in ihrem Leben verrichtet hatte. Zu diesen Dingen zwang er sie, während er, ein regelrechter Wilder, sich dafür entschied, im Lager herumzuliegen und zuzuschauen. Er tat nichts, absolut nichts, außer gelegentlich Fleisch zu jagen oder Fisch zu fangen."

„Das hat der Fahrer gut gemacht", kommentierte Hasenscharte leise gegenüber den anderen Jungen. „Ich erinnere mich an ihn, bevor er starb. Er war ein Mordskerl. Aber er hat Dinge getan, und er hat Dinge zum Laufen gebracht. Wißt ihr, Papa hat seine Tochter geheiratet, und ihr hätten sehen sollen, wie er die Flausen aus Papa herausgeprügelt hat. Der Fahrer war ein Teufelskerl. Er ließ uns Kinder strammstehen. Selbst als er schon verreckte, streckte er einmal die Hand nach mir aus und verpaßte mir mit dem langen Stock, den er immer neben sich hatte, einen Schlag auf den Kopf."

Hasenscharte rieb bei der Erinnerung seinen runden Kopf, und die Jungen kehrten zu dem alten Mann zurück, der aufgeregt etwas über Vesta, das Eheweib des Gründers des Fahrer-Stamms, murmelte.

„Und ich sage euch, daß ihr die Schrecklichkeit der Situation nicht verstehen könnt.

Der Fahrer war ein Diener, versteht ihr, ein Diener. Und er verbeugte sich mit gesenktem Haupt vor solchen wie sie eine war. Sie war eine Herrin, sowohl von Geburt als auch durch Heirat. Sie hielt das Schicksal von Millionen wie ihm in ihrer blassen Hand. Und in den Tagen vor der Pest wäre der geringste Kontakt mit solchen wie ihm eine Befleckung gewesen. Oh, ich habe es gesehen. Einmal, ich erinnere mich, war da Mrs. Goldwin, die Frau eines der großen Magnaten. Auf einem Landungssteg ließ sie, gerade als sie in ihrem privaten Luftschiff an Bord ging, ihren Sonnenschirm fallen. Ein Diener hob ihn auf und machte den Fehler, ihn ihr zu reichen – ihr, einer der größten königlichen Damen des Landes! Sie schreckte zurück, als wäre er ein Aussätziger, und wies ihren Sekretär an, er solle ihn entgegennehmen. Außerdem befahl sie ihrem Sekretär, den Namen der Kreatur zu ermitteln und dafür zu sorgen, daß die Person sofort aus dem Dienst entlassen wurde. Und eine solche Frau war Vesta Van Warden. Und sie schlug der Fahrer und machte sie zu seiner Sklavin.

... Bill, das war es; Bill, der Fahrer. Das war sein Name. Er war ein erbärmlicher, primitiver Mann, dem die feineren Gefühle und ritterlichen Eingebungen einer kultivierten Seele gänzlich abgingen. Nein, es gibt keine vollkommene Gerechtigkeit, denn ihm fiel das Wunder der Weiblichkeit zu, Vesta Van Warden. Ihr werdet nie verstehen, wie traurig das ist, meine Enkel; denn ihr seid selbst primitive kleine Wilde, die nichts anderes kennen als Grausamkeit. Warum war Vesta nicht die Meine geworden? Ich war ein gebildeter und kultivierter Mann, ein Professor an einer großen Universität. Dennoch hätte sie sich in der Zeit vor der Pest, in der sie eine so erhabene Stellung innehatte, nicht dazu herabgelassen, meine Existenz überhaupt zur Kenntnis zu nehmen. Denkt euch also die abgrundtiefe Erniedrigung, die sie erlitt, indem sie in die Hände des Fahrers fiel. Nichts Geringeres als die Vernichtung der gesamten Menschheit hatte es möglich gemacht, daß ich sie kennenlernen, in ihre Augen sehen, mich mit ihr unterhalten, ihre Hand berühren, sie lieben und wissen sollte, daß ihre Gefühle mir gegenüber sehr freundlich waren. Ich habe Grund zu der Annahme, daß sie, selbst sie, mich geliebt hätte, da es außer dem Fahrer keinen anderen Mann auf der Welt gab. Warum hat die Seuche, als sie acht Milliarden Seelen dahinraffte, nicht noch einen weiteren Mann getötet, und zwar den Fahrer?

Einmal, als der Fahrer zum Angeln unterwegs war, flehte sie mich an, ihn zu töten. Mit Tränen in den Augen flehte sie mich an, ihn zu töten. Aber er war ein starker und gewalttätiger Mann, und ich hatte Angst. Danach sprach ich mit ihm. Ich bot ihm mein Pferd, mein Pony, meine Hunde, alles, was ich besaß, an, wenn er mir Vesta geben würde. Und er grinste mir ins Gesicht und schüttelte den Kopf. Er war sehr beleidigend. Er sagte, daß er früher ein Diener gewesen sei, daß er Dreck unter den Füßen von Männern wie mir und von Frauen wie Vesta gewesen sei, und daß er jetzt die größte Dame im Land habe, um ihm zu dienen und ihm sein Essen zu kochen und seine Gören zu pflegen. ‚Du hattest deine Zeit vor der Pest‘, sagte er, ‚dies aber ist meine Zeit, und es ist eine verdammt gute Zeit. Ich wollte um nichts auf der Welt die alten Zeiten zurückhaben.‘‘ So sprach er, aber es sind nicht seine Worte. Er war ein vulgärer, gewöhnlicher Mann, und immer wieder drangen abscheuliche Flüche von seinen Lippen.

Außerdem sagte er mir, wenn er mich dabei erwischen würde, wie ich seiner Frau schöne Augen mache, würde er mir den Hals umdrehen und ihr ebenfalls eine Tracht Prügel verpassen. Was sollte ich tun? Ich hatte Angst. Er war ein Rohling. Am ersten Abend, als ich das Lager entdeckte, führten Vesta und ich ein großartiges Gespräch über die Dinge unserer verschwundenen Welt. Wir sprachen über Kunst und Bücher und Poesie, und der Fahrer hörte zu und grinste und höhnte.

Er langweilte sich und ärgerte sich über unsere Art zu sprechen, die er nicht verstand, und schließlich erhob er seine Stimme und sagte: ‚Und das ist Vesta Van Warden, die ehemalige Ehefrau von Van Warden, dem Magnaten – eine hohe und hochnäsige Schönheit, die jetzt mein Weib ist. Was, Professor Smith, die

Zeiten haben sich geändert, die Zeiten haben sich geändert. He, Frau, zieh mir die Mokassins aus, und zwar schnell. Ich möchte, daß Professor Smith sieht, wie gut ich dich abgerichtet habe.'

Ich sah, wie sie die Zähne zusammenbiß und die Flamme der Empörung in ihrem Gesicht aufstieg. Er zog seine knorrige Faust zurück, um zuzuschlagen, und ich hatte Angst und war sehr bekümmert. Ich konnte nichts tun, um mich gegen ihn durchzusetzen. Also stand ich auf, um zu gehen und nicht Zeuge einer solchen Demütigung zu werden. Aber der Fahrer lachte und drohte mir mit Prügel, wenn ich nicht bleiben und zusehen würde. Und ich saß dort, gezwungenermaßen, am Lagerfeuer am Ufer des Temescalsees und sah Vesta, Vesta Van Warden, niederknien und diesem grinsenden, haarigen, affenähnlichen menschlichen Rohling die Mokassins ausziehen.

... Oh, ihr versteht nicht, meine Enkel. Ihr habt nie etwas anderes gekannt, und ihr versteht es nicht.

‚Gebrochen und gut zugeritten', freute sich der Fahrer, während sie diese schreckliche, niedrige Aufgabe ausführte. ‚Manchmal ein wenig unbeholfen, Herr Professor, nur ein wenig, aber ein Schlag ins Gesicht macht sie fügsam und sanftmütig wie ein Lamm.'

Und ein anderes Mal sagte er: „Wir müssen von vorn anfangen und die Erde wieder füllen und uns vermehren. Sie sind beeinträchtigt, Herr Professor. Sie haben keine Frau, und wir haben es hier nicht gerade mit einem Garten-Eden-Angebot zu tun. Aber ich bin

nicht stolz. Ich sage Ihnen was, Professor.' Er zeigte
auf ihren kleinen Säugling, kaum ein Jahr alt. ‚Das ist
Ihre Frau; aber Sie werden warten müssen, bis sie
erwachsen ist. Das ist großzügig, nicht wahr? Wir sind
hier alle gleich, und ich bin die größte Kröte im Teich.
Aber ich bin nicht hochnäsig – ich nicht. Ich erweise
Ihnen die Ehre, Professor Smith, die sehr große Ehre,
meine und Vesta Van Wardens Tochter mit Ihnen zu
verloben. Ist es nicht eine verfluchte Schande, daß Van
Warden nicht hier ist, um das zu sehen?'

––––––––

VI.

ICH durchlitt drei Wochen unendlicher Qualen im
Lager des Fahrers. Und dann, eines Tages, als er
meiner oder dessen, was er als meine schlechte Wir-
kung auf Vesta ansah, überdrüssig wurde, erzählte er
mir, daß er im Jahr zuvor, als er durch die Hügel der
Contra Costa zur Straße von Carquinez wanderte,
über der Straße von Carquinez Rauch aufsteigen gesehen hatte. Das bedeutete, daß es noch andere Menschen gab, und daß er mir diese unschätzbar wertvolle
Information drei Wochen lang vorenthalten hatte. Ich
brach mit meinen Hunden und Pferden sofort auf,
und reiste über die Hügel der Contra Costa zur Straße
von Carquinez. Ich sah keinen Rauch auf der anderen
Seite, aber in Port Costa entdeckte ich einen kleinen
Stahlkahn, auf dem ich meine Tiere einschiffen
konnte. Ein altes Segeltuch, das ich fand, diente mir

als Segel, und eine von Süden wehende Brise trieb mich über die Meerenge und hinauf zu den Ruinen von Vallejo. Hier, am Rande der Stadt, fand ich Beweise für ein kürzlich besetztes Lager. Viele Muschelschalen zeigten mir, warum diese Menschen an die Ufer der Bucht gekommen waren. Es handelte sich um den Santa Rosa-Stamm, und ich folgte seiner Spur entlang der alten Eisenbahnlinie, die quer durch die Salzsümpfe zum Sonoma-Tal führte. Hier, in der alten Ziegelei in Glen Ellen, stieß ich auf das Lager. Es waren insgesamt achtzehn Seelen. Zwei waren alte Männer, einer von ihnen war Jones, ein Bankier. Der andere war Harrison, ein pensionierter Pfandleiher, der die Oberschwester des staatlichen Krankenhauses für Geisteskranke in Napa zur Frau genommen hatte. Von allen Personen in der Stadt Napa und allen anderen Städten und Dörfern in diesem reichen und bevölkerungsreichen Tal war sie die einzige Überlebende gewesen. Es folgten die drei jungen Männer – Cardiff und Hale, die Bauern gewesen waren, und Wainwright, ein gewöhnlicher Tagelöhner. Alle drei hatten Ehefrauen gefunden. Hale, einem rohen, ungebildeten Bauern, war Isadore, nach Vesta eine der kostbarsten Frauen, die die Pest überlebt hatten, zugefallen. Sie war eine der bekanntesten Sängerinnen der Welt, und die Pest hatte sie in San Francisco erwischt. Sie sprach viele Stunden mit mir und erzählte mir von ihren Abenteuern, bis sie schließlich von Hale im Wald von Mendocino gerettet wurde und bei ihm blieb – sie konnte nichts anderes tun, als seine Frau zu werden. Aber Hale war ein guter Kerl, trotz seiner mangelnden Bildung. Er hatte einen ausgeprägten Sinn für Gerechtigkeit und den Umgang mit dem Recht, und sie war mit ihm weitaus glücklicher als Vesta mit dem Fahrer.

Die Ehefrauen von Cardiff und Wainwright waren gewöhnliche Frauen, an Mühsal gewöhnt, mit einer starken Konstitution – genau die richtige Art für das wilde neue Leben, zu dem sie gezwungen waren. Dazu kamen zwei erwachsene Schwachsinnige aus dem Irrenheim in Eldredge und fünf oder sechs kleine Kinder und Säuglinge, die nach der Gründung des Santa-Rosa-Stammes geboren worden waren. Dann gab es da noch Bertha. Sie war eine gute Frau, Hasenscharte, trotz des Spottes deines Vaters. Sie nahm ich zur Frau. Sie war die Mutter deines Vaters, Edwin, und auch deines Vaters, Huhu. Und es war unsere Tochter Vera, die deinen Vater heiratete, Hasenscharte – deinen Vater Sandow, der der älteste Sohn von Vesta Van Warden und dem Fahrer war.

Und so wurde ich das neunzehnte Mitglied des Santa-Rosa-Stammes. Es kamen nur zwei Außenseiter nach mir hinzu. Der eine war Mungerson, der von den Magnaten abstammte und acht Jahre lang allein durch die Wildnis Nordkaliforniens gewandert war, bevor er in den Süden kam und sich uns anschloß. Er war es, der weitere zwölf Jahre wartete, bevor er meine Tochter Mary heiratete. Der andere war Johnson, der Mann, der den Utah-Stamm gründete. Er kam von dort, aus Utah, einem Land, das sehr weit von hier entfernt liegt, jenseits der großen Wüsten im Osten. Erst siebenundzwanzig Jahre nach der Seuche erreichte Johnson Kalifornien. Er berichtete, daß es in der gesamten Region Utah nur drei Überlebende gegeben hatte, ihn eingerechnet, und alles Männer. Viele Jahre lang lebten und jagten diese drei Männer zusammen, bis sie schließlich verzweifelt, aus Furcht, daß mit ihnen die menschliche Rasse völlig vom Planeten verschwinden würde, westwärts zogen, um in Kalifornien Frauen zu finden, die überlebt hatten. Johnson kam allein durch die große Wüste, wo seine beiden Gefährten starben. Er war sechsundvierzig Jahre alt, als er sich uns anschloß, und er heiratete die vierte Tochter von Isadore und Hale, und sein ältester Sohn heiratete deine Tante, Hasenscharte, die die dritte Tochter von Vesta und dem Fahrer war.

Johnson war ein starker Mann, mit einem starken Willen. Aus diesem Grund trennte er sich von den Santa Rosanern und gründete in San Jose den Utah-Stamm. Es ist ein kleiner Stamm – er zählt nur neun Mitglieder; aber obwohl er tot ist, war sein Einfluß so groß und sein Erbe so stark, daß er zu einem starken Stamm heranwachsen und eine führende Rolle bei der Wiederbelebung des Planeten spielen wird.

Es gibt nur noch zwei andere Stämme, von denen wir wissen, die Los Angelitos und die Carmelitos.

Letztere gingen von einem Mann und einer Frau aus. Er hieß Lopez, und er stammte von den alten Mexikanern ab und war sehr schwarz. Er war ein Kuhhirte in den Bergen jenseits des Karmel, und seine Frau war Dienstmädchen im großen Del-Monte-Hotel. Es dauerte sieben Jahre, bis wir zum ersten Mal mit den Los Angelitos in Kontakt kamen. Sie haben dort unten ein gutes Land, aber es ist zu warm. Ich schätze die derzeitige Weltbevölkerung auf dreihundertfünfzig bis vierhundert, vorausgesetzt natürlich, daß es anderswo auf der Welt keine verstreuten kleinen Stämme gibt. Wenn es solche Stämme gibt, haben wir nichts von ihnen gehört. Seit Johnson die Wüste von Utah aus durchquert hat, ist kein Wort oder Zeichen aus dem Osten oder von irgendwo anders zu uns gedrungen. Die große Welt, die ich in meiner Kindheit und als junger Mann kannte, ist verschwunden. Sie hat aufgehört zu existieren. Ich bin der letzte Mensch, der in den Tagen der Pest am Leben war und der die Wunder dieser fernen Zeit kennt. Wir, die wir den Planeten beherrschten – die Erde, das Meer und den Himmel – und die wie Götter waren, leben heute in primitiver Wildheit entlang der Wasserläufe dieses Landes, Kalifornien.

Aber wir vermehren uns schnell – deine Schwester, Hasenscharte, hat bereits vier Kinder. Wir vermehren uns schnell und bereiten uns auf einen neuen Aufstieg in die Zivilisation vor. Mit der Zeit wird uns die wachsende Bevölkerungsdichte dazu zwingen, uns auszubreiten, und in hundert Generationen von nun an können wir erwarten, daß unsere Nachkommen über die Sierras ziehen und langsam, Generation für Generation, über den großen Kontinent bis zur Kolonisierung des Ostens ziehen werden – ein neuer Strom von Siedlern um die Welt.

Aber es wird langsam vor sich gehen, sehr langsam; wir müssen noch so weit aufsteigen. Wir sind so hoffnungslos tief gefallen.

Wenn nur ein Physiker oder ein Chemiker überlebt hätte! Aber es sollte nicht sein, und wir haben alles vergessen. Der Fahrer begann mit Eisen zu arbeiten. Er baute die Schmiede, die wir bis heute benutzen. Aber er war ein fauler Mann, und als er starb, nahm er alles mit, was er über Metalle und Maschinen wußte.

Was sollte ich von solchen Dingen wissen? Ich war ein klassischer Gelehrter, kein Chemiker. Die anderen Männer, die überlebten, waren nicht gebildet. Der Fahrer beherrschte nur zwei Dinge – das Brauen von Alkohol und den Anbau von Tabak. Einmal, als er betrunken war, tötete er Vesta. Ich glaube fest daran, daß er Vesta in einem Anfall von Trunkenheit und Grausamkeit getötet hat, obwohl er immer behauptet hat, daß sie in den See gefallen und ertrunken sei.

Und meine Enkel, laßt mich euch vor den Medizinmännern warnen. Sie nennen sich selbst *Doktoren*, indem sie verhöhnen, was einst ein nobler Beruf war, aber in Wirklichkeit sind sie Medizinmänner, Kurpfuscher, und sie sorgen für Aberglauben und Finsternis. Sie sind Betrüger und Lügner. Aber wir sind so erniedrigt und entwürdigt, daß wir ihren Lügen glauben. Auch sie werden zahlenmäßig wachsen, wenn wir wachsen, und sie werden danach streben, uns zu beherrschen. Und doch sind sie Lügner und Scharlatane.

Seht euch den jungen Schielauge an, der sich als Doktor ausgibt, Zauber gegen Krankheit verkauft oder um gute Jagden zu veranstalten, Versprechungen von schönem Wetter gegen gutes Fleisch und Häute eintauscht, den Todesstock schickt und tausend Abscheulichkeiten begeht. Doch ich sage euch, wenn er sagt, daß er diese Dinge tun kann, dann lügt er. Ich, Professor Smith, Professor James Howard Smith, sage euch, daß er lügt. Ich habe es ihm ins Gesicht gesagt. Warum hat er mir den Todesstock nicht geschickt? Weil er weiß, daß es bei mir vergeblich ist. Aber du, Hasenscharte, bist so tief im dunkelsten Aberglauben versunken, daß du, würdest du in dieser Nacht aufwachen und den Todesstock neben dir finden, sicherlich sterben würdest. Und du würdest sterben, nicht wegen irgendwelcher Kräfte des Stocks, sondern weil du ein Wilder mit dem trüben und umwölkten Geist eines Wilden bist.

Die Doktoren müssen vernichtet werden, und alles, was verloren ging, muß neu entdeckt werden. Deshalb wiederhole ich euch ernsthaft einige Dinge, an die ihr euch erinnern und die ihr euren Kindern erzählen müßt. Ihr müßt ihnen sagen, daß, wenn Wasser durch Feuer heiß gemacht wird, ihm eine wunderbare Sache namens Dampf innewohnt, die stärker als zehntausend Menschen ist und die ganze Arbeit des Menschen für ihn erledigen kann. Es gibt noch andere sehr nützliche Dinge. Im Blitzstrahl wohnt ein ähnlich starker Diener des Menschen, der von alters her sein Sklave war und der eines Tages wieder sein Sklave sein wird.

Eine ganz andere Sache ist das Alphabet. Es ermöglicht es mir, die Bedeutung feiner Zeichen zu erkennen, während ihr Jungen nur grobe Bildschriften kennt. In jener trockenen Höhle auf dem Telegraph Hill, in die ich oft gehe, wenn der Stamm unten am Meer ist, habe ich viele Bücher aufbewahrt. In ihnen steckt große Weisheit. Bei ihnen habe ich auch einen Schlüssel zum Alphabet gelegt, so daß jemand, der sich mit der Bildschrift auskennt, sich auch mit der Schrift vertraut machen kann. Eines Tages werden die Menschen wieder lesen; und dann, wenn meiner Höhle kein Unglück geschehen ist, werden sie erfahren, daß einst Professor James Howard Smith lebte und für sie das Wissen der Alten bewahrt hat.

Es gibt noch ein weiteres kleines Gerät, das Männer unweigerlich wiederentdecken werden. Es nennt sich Schießpulver.

Es hat es uns ermöglicht, sicher und auf große Entfernungen zu töten. Bestimmte Dinge, die im Boden gefunden werden, werden, wenn sie in den richtigen Proportionen kombiniert werden, dieses Schießpulver ergeben. Was diese Dinge sind, habe ich vergessen, oder aber ich wußte es nie. Aber ich wünschte, ich wüßte es. Dann würde ich Pulver herstellen und dann würde ich sicherlich Schielauge töten und das Land vom Aberglauben befreien ...“

„Wenn ich erwachsen bin, werde ich Schielauge alle Ziegen geben, und alles Fleisch und Felle, die ich kriegen kann, damit er mich lehrt, ein Doktor zu werden“, erklärte Huhu. „Und wenn ich alles weiß, werde ich zusehen, daß alle anderen sich hinsetzen und aufpassen. Sie werden sich vor mir im Dreck wälzen, darauf könnt ihr wetten."

Der alte Mann nickte feierlich mit dem Kopf und murmelte:

„Es ist seltsam, die Spuren und Überreste der komplizierten menschlichen Rede von den Lippen eines schmutzigen, kleinen, in Tierhäute gehüllten Wilden fallen zu hören. Die ganze Welt ist auf den Kopf gestellt. Und sie steht seit der Pest auf dem Kopf."

„Mich wirst du nicht zwingen können, mich hinzusetzen", prahlte Hasenscharte vor dem Möchtegern-Medizinmann. „Wenn ich dich für die Zusendung des Todesstockes bezahlen würde und es nicht klappen würde, würde ich dir den Schädel einschlagen – verstehst du, Huhu?"

„Ich werde Großvater dazu bringen, sich an dieses Schießpulverzeug hier zu erinnern", sagte Edwin leise, „und dann werde ich euch alle befehligen. Du, Hasenscharte, wirst für mich kämpfen und Fleisch für mich holen, und du, Huhu, wirst den Todesstock für mich schicken und allen Angst machen. Und wenn ich Hasenscharte erwische, wie er dir den Kopf einschlagen will, werde ich ihn mit dem gleichen Schießpulver erledigen. Großvater ist nicht so ein Dummkopf, wie ihr denkt, und ich werde auf ihn hören und eines Tages werde ich der Oberste über euch allen sein."

Der alte Mann schüttelte traurig den Kopf und sagte:

„Das Schießpulver wird kommen. Nichts kann es aufhalten – immer und immer wieder dieselbe alte Geschichte.

Die Menschen werden mehr werden, und die Menschen werden kämpfen. Das Schießpulver wird es den Menschen ermöglichen, Millionen von Menschen zu töten, und nur auf diese Weise, durch Feuer und Blut, wird sich in ferner Zukunft eine neue Zivilisation entwickeln. Und wozu wird das nutze sein? So wie die alte Zivilisation vergangen ist, so wird es auch der neuen ergehen. Ihre Entstehung mag fünfzigtausend Jahre dauern, aber sie wird vergehen. Alle Dinge vergehen. Es bleiben nur kosmische Kraft und Materie, stets im Fluß, stets agierend und reagierend und die ewigen Gattungen bewirkend – den Priester, den Soldaten und den König. Aus den Mündern der Kinder kommt die Weisheit aller Zeitalter. Einige werden kämpfen, einige werden herrschen, einige werden beten; und alle anderen werden sich abmühen und Schmerzen erleiden, während auf ihren blutenden Kadavern wieder und wieder die erstaunliche Schönheit und das überragende Wunder des zivilisierten Staates errichtet wird. Ich könnte diese in Höhlen gelagerten Bücher ebensogut vernichten – ob sie nun bleiben oder untergehen, all ihre alten Wahrheiten werden entdeckt, ihre alten Lügen gelebt und weitergegeben werden. Was ist der Nutzen ...“

Hasenscharte sprang auf seine Füße und warf einen kurzen Blick auf die weidenden Ziegen und die Nachmittagssonne.

„Pah!", murmelte er Edwin zu. „Der alte Kauz wird von Tag zu Tag langatmiger. Laßt uns zum Lager aufbrechen."

Während die beiden anderen, unterstützt von den Hunden, die Ziegen zusammentrieben und sie auf den Weg durch den Wald leiteten, blieb Edwin bei dem alten Mann und führte ihn in die gleiche Richtung. Als sie die alte Bahntrasse erreichten, blieb Edwin plötzlich stehen und schaute zurück. Hasenscharte und Huhu und die Hunde und die Ziegen zogen weiter. Edwin schaute auf eine kleine Herde wilder Pferde, die auf den harten Sand heruntergekommen war. Es waren mindestens zwanzig von ihnen, junge Hengstfohlen und Jährlinge und Stuten, angeführt von einem schönen Hengst, der mit gewölbtem Hals und glänzenden wilden Augen im Schaum am Rand der Brandung stand und die salzige Meerluft einsog.

„Was ist denn?", fragte Großvater.

„Pferde", war die Antwort. „Das erste Mal, daß ich sie am Strand sehe. Die Pumas werden immer mehr und treiben sie herab."

Die tiefstehende Sonne schoß fächerförmig rote Lichtstrahlen aus einem wolkenverhangenen Horizont herab.

Und ganz in der Nähe, in der weißen Ebene des von der Küste gepeitschten Wassers, zogen sich die Seelöwen, ihren alten urzeitlichen Gesang brüllend, aus dem Meer auf den schwarzen Felsen empor, und kämpften und liebten.

„Nun komm, Großvater", forderte Edwin ihn auf.

Und der alte Mann und der Junge, mit Tierhäuten bekleidet und barbarisch, wandten sich um und gingen im Kielwasser der Ziegen den alten Bahndamm entlang in den Wald.

ENDE

Jens Peter Jacobsen

DIE PEST IN BERGAMO

(Übersetzung: Marie von Borch)

DA lag Alt-Bergamo oben auf dem Gipfel eines niedrigen Berges, eingehegt von Mauern und Toren, und da lag das neue Bergamo am Fuße des Berges, allen Winden offen.

Eines Tages brach die Pest unten in der neuen Stadt aus und griff fürchterlich um sich; es starben eine Menge Menschen und die anderen flüchteten über die Ebene nach allen vier Weltgegenden. — Und die Bürger in Alt-Bergamo zündeten die verlassene Stadt an, um die Luft zu reinigen, aber das half nichts; sie fingen auch an, oben bei ihnen zu sterben, zuerst einer täglich, dann fünf, dann zehn, zuletzt zwanzig, und als es den höchsten Grad erreicht hatte, noch viele mehr.

Und die konnten nicht flüchten, so wie die in der neuen Stadt es getan hatten.

Es gab ja solche, die es versuchten, aber die führten das Leben eines gehetzten Tiers, mit Verstecken in Gräben und Sielen, in Wäldern und grünen Feldern; denn die Bauern, denen die ersten Flüchtlinge die Pest in die Gehöfte gebracht hatten, steinigten jede fremde Seele, der sie begegneten, und verjagten sie von ihrem Gebiet oder schlugen sie ohne Gnade und Barmherzigkeit nieder wie tolle Hunde, in gerechter Notwehr, wie sie meinten.

Die Leute von Alt-Bergamo mußten bleiben, wo sie waren, und Tag für Tag wurde es heißer, und Tag für Tag wurde die grauenvolle Krankheit gieriger und gieriger in ihrem Griff. Das Entsetzen steigerte sich zum Wahnsinn, und was an Ordnung und rechtem Regiment gewesen, das war, als ob die Erde es verschlungen und dafür das Schlimmste hergegeben hätte.

Gleich im Anfang, als die Pest begann, hatten die Menschen sich in Einigkeit und Eintracht zusammengeschlossen, hatten darauf geachtet, daß die Leichen ordentlich und gut begraben wurden, und jeden Tag dafür gesorgt, daß auf Märkten und Plätzen große Scheiterhaufen angezündet wurden, damit der gesunde Rauch durch die Gassen ziehen könne. Wacholder und Essig waren an die Armen verteilt worden und vor allen Dingen hatten die Leute früh und spät die Kirchen aufgesucht, allein und in Prozessionen, täglich waren sie mit ihren Gebeten vor Gott gewesen, und jeden Abend, wenn die Sonne zur Ruhe ging, hatten die Glocken aller Kirchen aus ihren hundert schwingenden Schlünden klagend zum Himmel gerufen. Und Fasten waren anbefohlen und die Reliquien waren jeden Tag auf den Altären ausgestellt gewesen.

Endlich eines Tages, als sie nicht mehr wußten, was sie beginnen sollten, hatten sie unter Tuba- und Posaunenklang vom Altan des Rathauses herab die heilige Jungfrau zum Podesta oder Bürgermeister der Stadt ausgerufen, für jetzt und alle Ewigkeit.

Aber das half alles nichts; es gab nichts, das half.

Und als das Volk es vernahm und nach und nach in dem Glauben fest wurde, daß der Himmel entweder nicht helfen wollte oder nicht konnte, da legten sie nicht nur die Hände in den Schoß und sagten, nun möge kommen, was da wolle, nein, es war, als ob die Sünde aus einer heimlichen, schleichenden Krankheit zur bösen, offenbaren, rasenden Pest geworden war, die Hand in Hand mit der körperlichen Seuche danach strebte, die Seele zu morden, so wie jene die Körper zerstörte. So unglaublich war ihr Tun, so ungeheuer ihre Verderbnis. Die Luft war erfüllt von Lästerung und Gottlosigkeit, vom Stöhnen der Schlemmer und vom Geheul der Trinker, und die wildeste Nacht barg nicht mehr Unzucht, als ihre Tage es taten.

„Heute wollen wir essen, denn morgen müssen wir sterben!"

Es war, als hätten sie hierzu Noten geschrieben, die auf mannigfachen Instrumenten in einem unendlichen Höllenkonzert gespielt wurden. Ja, wären nicht schon alle Sünden vorher erfunden gewesen, so wären sie jetzt erfunden worden, denn es gab keinen Weg, den sie in ihrer Verwerflichkeit nicht eingeschlagen hätten. Die unnatürlichsten Laster florierten unter ihnen, und selbst solche seltenen Sünden wie Nekromantie, Zauberei und Teufelsbeschwörung waren ihnen wohlbekannt, denn es gab viele, die von den Mächten der Hölle jenen Schutz erwarteten, den der Himmel nicht gewähren wollte.

Alles was Hilfsbereitschaft oder Mitleid hieß, war aus den Gemütern geschwunden, jeder hatte nur Gedanken für sich. Der Kranke wurde wie der gemeinsame Feind aller angesehen, und wenn es einem Unglücklichen passierte, daß er matt vom ersten Fieberschwindel der Pest auf der Straße umfiel, so gab es keine Tür, die sich ihm öffnete, sondern man zwang ihn durch Lanzenstiche und Steinwürfe, sich den Gesunden aus dem Wege zu schleppen.

Und Tag für Tag nahm die Pest zu, die Sommersonne brannte auf die Stadt herab, kein Regentropfen fiel, kein Lüftchen rührte sich, und die Leichen, die in den Häusern verfaulten, und die Leichen, welche nicht ordentlich vergraben wurden, erzeugten einen Gestank, der sich mit der stillstehenden Luft der Straßen vermischte und Raben und Krähen in Schwärmen, in Wolken herbeilockten, sodaß es auf Mauern und Dächern schwarz davon war. Und rund umher auf der Ringmauer der Stadt saßen einzelne wunderliche, große, ausländische Vögel, von weither, mit raublüsternem Schnabel und erwartungsvoll gekrümmten Krallen, und sie saßen und sahen mit ihren ruhigen, gierigen Augen hinab, als warteten sie nur darauf, daß die unglückliche Stadt sich in eine einzige große Aasgrube verwandle.

Es waren gerade elf Wochen, seitdem die Pest ausgebrochen war, als die Turmwächter und andere Leute, die sich an höher gelegenen Stellen aufhielten, einen seltsamen Zug von der Ebene in die Gassen der neuen Stadt zwischen den rauchgeschwärzten Steinen und den schwarzen Aschenhaufen einbiegen sahen. Eine Menge Menschen! Gewiß gegen sechshundert oder mehr, Männer und Weiber, Alte und Junge, und diese hatten große, schwarze Kreuze zwischen sich, und breite Banner, rot wie Feuer und Blut über sich. Sie singen, indem sie vorwärts schreiten, und ganz verzweiflungsvoll klagende Töne steigen in die stille, schwüle Luft empor.

Braun, grau, schwarz ist ihre Tracht, aber alle tragen sie ein rotes Zeichen auf der Brust. Als sie näher kommen, ist es ein Kreuz. Denn sie kommen immer näher. Sie pressen sich den steilen, von einer Mauer eingefriedeten Weg empor, der hinauf zur alten Stadt führt. Es ist ein Gewimmel von weißen Gesichtern, sie tragen Geißeln in den Händen, auf ihren roten Fahnen ist ein Feuerregen abgebildet. Und im Gedränge schwanken die schwarzen Kreuze von der einen Seite auf die andere.

Aus dem zusammengedrängten Haufen steigt ein Geruch nach Schweiß, nach Asche, nach Straßenstaub und altem Weihrauch auf. Sie singen nicht mehr, sie sprechen auch nicht, — nichts als der trippelnde, herdenartige Laut ihrer nackten Füße.

Angesicht auf Angesicht taucht in das Dunkel der Turmpforte und kommt auf der anderen Seite mit lichtscheuen Mienen und halbgeschlossenen Lidern wieder ins Licht.

Dann fängt der Gesang wieder an: ein Miserere; sie pressen die Geißeln fester und schreiten stärker aus wie bei einem Kriegsgesang.

Als ob sie aus einer ausgehungerten Stadt kämen, sehen sie aus, ihre Wangen sind hohl, die Knochen stehen hervor, ihre Lippen sind blutleer und unter den Augen haben sie schwarze Ringe.

Die aus Bergamo sind zusammengeströmt und sehen sie mit Verwunderung und Unruhe an. Rote, verschlemmte Gesichter stehen diesen bleichen gegenüber; träge, von Unzucht ermattete Blicke senken sich vor diesen scharfen, flammenden Augen; höhnende Gotteslästerer bleiben mit offenem Munde vor diesen Hymnen stehen.

Und an all ihren Geißeln klebt Blut.

Dem Volk wurde diesen Leuten gegenüber ganz wunderlich zumute.

Aber es dauerte nicht lange, und sie schüttelten diesen Eindruck ab. Einige hatten unter den Kreuzträgern einen halbverrückten Schuhmacher aus Brescia wieder erkannt, und sofort war die ganze Schar durch ihn zum Gelächter geworden. Inzwischen war es doch etwas Neues, eine Zerstreuung in dem Alltäglichen, und da die Fremden der Domkirche zuschritten, so ging man hinterher, wie man einer Gauklerbande oder einem zahmen Bären gefolgt sein würde.

Aber während man ging und sich schob, wurde man erbittert, man fühlte sich so nüchtern der Feierlichkeit dieser Menschen gegenüber, und man begriff sehr wohl, daß diese Schuhmacher und Schneider hergekommen waren, um zu bekehren, zu beten und die Worte zu sprechen, die man nicht hören wollte. Da waren zwei magere, grauhaarige Philosophen, die die Gottlosigkeit zum System gemacht hatten; sie reizten die erhitzte Menge so recht aus der Bosheit ihres

Herzens auf, sodaß ihre Haltung mit jedem Schritt, den man der Kirche näher kam, drohender wurde, ihre Zornesausbrüche wilder, und es fehlte nicht viel, so hätten sie Hand an diese fremden Geißelschneider gelegt. Aber da öffnete kaum hundert Schritt von der Kirche ein Wirtshaus seine Türen, und eine ganze Schar von Zechbrüdern stürzte heraus, der eine auf dem Rücken des andern, und sie setzten sich an die Spitze der Prozession und führten sie singend und brüllend mit höhnisch lächerlichen Gebärden an, mit Ausnahme von einem, der die grasbewachsenen Stufen der Kirchentreppe hinauf ein Rad schlug. Darüber wurde gelacht, und so kamen sie alle friedlich ins Heiligtum hinein.

Es war wunderlich, wieder hier zu sein, durch den kühlen, großen Raum zu schreiten, in dieser Luft, die so scharf nach altem Qualm von Wachslichtschnuppen roch, — über diese alten, eingesunkenen Fliesen, mit deren halbverlöschten Ornamenten und blanken Inschriften der Gedanke sich so oft ermüdet hatte. Und während nun das Auge sich halb neugierig, halb unwillig in dem milden Halbdunkel unter der Wölbung zur Ruhe locken ließ, oder auf die gedämpfte Mannigfaltigkeit von bestaubtem Gold und eingeräucherten Farben fiel, oder sich in die Schatten der Altarwinkel verlor, stieg eine Art Sehnsucht auf, die nicht niederzuhalten war.

Inzwischen trieben die aus dem Wirtshause ihr Unwesen oben am Hauptaltar, und ein großer, kräftiger Schlächter unter ihnen, ein junger Mann, hatte seine weiße Schürze abgenommen und sie sich um den Hals gebunden, sodaß sie wie ein Mantel auf seinem Rücken hing, und so hielt er in den wilden, wahnwitzigsten Worten, voll Unzucht und Gotteslästerung Messe ab, und ein ältlicher, kleiner Dickbauch, behende und leichtfüßig obgleich er dick war, mit einem Gesicht wie ein abgezogener Kürbis, — der war Meßner und respondierte in den liederlichsten Weisen, die man hören konnte, und er kniete und kniete und wandte dem Altar die Rückseite zu und läutete mit der Glocke wie mit einer Narrenschelle und schlug mit dem Weihrauchkessel ein Rad um sich herum; und die anderen Betrunkenen lagen auf den Stufen, so lang sie waren, und brüllten vor Lachen und schluckften vor Trunkenheit.

Und die ganze Kirche lachte und spottete über die Fremden und rief ihnen zu, gut aufzupassen, ob sie klug daraus werden könnten, für was man ihren Herrgott hier in Alt-Bergamo halte. Denn es war ja nicht so sehr, daß man Gott etwas anhaben wollte, indem man über diesen Aufzug jubelte, sondern man freute sich darüber, daß jede Gotteslästerung ein Stachel im Herzen dieser Heiligen sein mußte.

Die Heiligen hielten sich mitten im Schiffe und stöhnten vor Pein, ihre Herzen kochten vor Haß und Rachedurst, und sie flehten mit Augen und Händen zu Gott empor, daß er sich doch für all den Hohn rächen möge, der ihm hier in seinem eigenen Hause angetan wurde; sie wollten ja gern mit diesen Vermessenen zugrunde gehen, wenn er nur seine Macht zeigen wollte;

mit Wollust wollten sie sich von seinem Fuße zermalmen lassen, wenn er nur triumphieren wollte, und Entsetzen und Verzweiflung und Reue, die zu spät kamen, von all diesen gottlosen Lippen emporschreien möchten.

Und sie stimmten ein Miserere an, das in jedem Ton wie ein Ruf nach jenem Schwefelregen klang, der auf Sodom herabfiel, nach jener Macht, die Simson hatte, als er die Säule im Hause der Philister niederriß. Sie flehten mit Singen und mit Worten, sie entblößten die Schultern und flehten mit ihren Geißeln. Da lagen sie Reihe an Reihe knieend, bis zum Gürtel entblößt und schwangen die stachelbewehrten Schnüre über ihren blutigen Rücken. Wild und rasend schlugen sie zu, sodaß das Blut in Tropfen an den pfeifenden Geißeln hing. Jeder Schlag war ein Gott dargebrachtes Opfer. Könnten sie doch noch anders zuschlagen, könnten sie sich hier vor seinen Augen in tausend blutige Stücke reißen! Dieser Körper, mit dem sie gegen seine Gebote gesündigt hatten, er sollte gestraft, gemartert, vernichtet werden, damit er sehen konnte, wie sie es haßten, damit er sehen konnte, wie sie zu Hunden wurden, um ihm zu gefallen, geringer als Hunde unter seinem Willen, das niedrigste Gewürm, das Staub unter seinen Fußsohlen aß! Und Schlag auf Schlag — bis die Arme herabfielen oder der Krampf sie in Knoten verzog. Da lagen sie, Reihe an Reihe mit wahnsinnfunkelnden Augen, mit Schaum vor dem Munde, das Blut an ihrem Fleische herabrieselnd.

Und die, welche dies ansahen, fühlten plötzlich ihre Herzen klopfen, merkten, wie die Röte ihnen in die Wangen stieg, und das Atmen ihnen schwer wurde. Es war, als ob etwas Kaltes unter ihre Kopfhaut kroch, ihre Knie wurden schwach. Denn dies packte sie; in ihrem Hirn war ein kleiner Wahnsinnspunkt, der diesen Wahnsinn verstand.

Sich als der Sklave der gewaltigen, harten Gottheit fühlen, sich selbst bis vor ihre Füße stoßen, ihr eigen zu sein, nicht in stiller Frömmigkeit, nicht in der Tatenlosigkeit stiller Gebete, sondern rasend, in einem Rausch der Selbsterniedrigung, in Blut und Geheul, unter feucht blinkenden Geißeln — das waren sie fähig zu begreifen, selbst der Schlächter wurde still, und die zahnlosen Philosophen senkten ihre grauen Köpfe vor den Augen, die umherblickten.

Und es wurde ganz still da drinnen in der Kirche, nur ein leises Wogen ging durch den Haufen.

Da erhob sich einer von den Fremden, ein junger Mönch, und sprach. Er war bleich wie ein Leintuch, seine schwarzen Augen glühten wie Kohlen, die im Begriff sind zu erlöschen, und die düsteren, schmerzverhärteten Züge um seinen Mund waren wie mit einem Messer in Holz geschnitten und nicht wie die Falten in einem Menschengesicht.

Er streckte die dünnen, knochigen Hände im Gebet zum Himmel empor, und die Ärmel der schwarzen Kutte glitten von seinen weißen, mageren Armen herab.

Dann sprach er.

Von der Hölle sprach er, davon, daß sie unendlich sei, wie der Himmel unendlich ist, von der einsamen Welt der Qual, welche jeder der Verurteilten zu durchleiden und mit seinem Geschrei zu erfüllen hat; Meere von Schwefel seien dort, Felder von Skorpionen, Flammen, die sich um einen legen wie ein Mantel, und ruhige, verhärtete Flammen, die sich in ihn hineinbohren wie ein Spieß, der in einer Wunde umgedreht wird.

Es war ganz still, atemlos lauschten sie auf seine Worte, denn er sprach, als ob er es mit eigenen Augen gesehen hätte, und sie fragten sich: ist das nicht einer der Verdammten, der aus dem Schlunde der Hölle zu uns heraufgesandt ist, um Zeugnis vor uns abzulegen?

Dann predigte er lange vom Gesetz und von der Strenge des Gesetzes; davon, daß der geringste Buchstabe in demselben erfüllt werden müsse, und daß jede Übertretung, deren sie sich schuldig gemacht hatten, ihnen bei Lot und Unze angerechnet werden würde. „Aber Christus ist für unsere Sünden gestorben, sagt ihr, wir stehen nicht mehr unter dem Gesetz. Aber ich sage euch, daß die Hölle nicht um einen einzigen von euch betrogen werden wird, und nicht ein Eisenzahn am Marterrad der Hölle wird außerhalb eures Fleisches vorübergehen. Ihr baut auf Golgathas Kreuz, kommt, kommt! kommt und seht es an! Ich werde euch an seinen Fuß führen. Es war an einem Freitag, wie ihr wißt, daß sie ihn aus einem ihrer Tore hinausstießen und das schwerste Ende eines Kreuzes auf seine Schultern legten und es ihn an einen unfruchtbaren

Lehmhügel vor der Stadt tragen ließen, und in Haufen gingen sie mit und wirbelten den Staub auf mit ihren Füßen, sodaß es wie eine rote Wolke über der Stätte lag. Und sie rissen ihm die Kleider herab und entblößten ihn, so wie die Herren des Gesetzes einen Missetäter vor aller Blicke entblößen lassen, sodaß alle das Fleisch sehen können, das der Folter überantwortet werden soll; und sie warfen ihn auf das Kreuz und streckten ihn hin und schlugen einen Nagel von Eisen durch jede seiner widerstrebenden Hände und einen Nagel durch seine gekreuzten Füße, mit Keulen schlugen sie die Nägel gerade in seinen Kopf. Und sie richteten das Kreuz auf in einem Loche in der Erde, aber es wollte nicht fest und grade stehen, und sie rückten es hin und her und trieben Keile und Pflöcke rund umher ein, und die, welche es taten, schlugen den Schirm ihrer Hüte herab, daß das Blut von seinen Händen ihnen nicht in die Augen tropfen sollte. Und er da oben sah auf die Soldaten herab, die um sein zerrissenes Gewand würfelten, und auf den ganzen heulenden Haufen, für den er litt, auf daß jener erlöst werden sollte, und in dem ganzen Haufen war nicht ein mitleidiges Auge. Und die da unten sahen wieder auf ihn, der leidend und matt da oben hing, sie sahen auf das Brett über seinem Haupte, worauf König der Juden geschrieben stand, und sie verspotteten ihn und riefen ihm zu: „Du, der du den Tempel niederreißest und ihn in drei Tagen wieder auferbaust, hilf dir nun selbst; bist du Gottes Sohn, so steig herunter von diesem Kreuze." Da ward Gottes eingeborener Sohn in seinem Sinne erzürnt und sah, daß sie nicht der Erlösung wert waren, jene Haufen, die die Erde anfüllen, und er riß seine Füße über dem Kopf des Nagels aus, und er ballte seine Hände um die Nägel der Hände und zog diese aus, sodaß die Arme des Kreuzes sich wie ein Bogen spannten, und er sprang hinab auf die Erde und riß sein Gewand an sich, daß die Würfel über den Abhang von Golgatha herabrollten, und er warf es um sich mit dem Zorn eines Königs und fuhr zum Himmel auf. Und das Kreuz stand leer, und das große Werk der Versöhnung ward nie vollbracht. Es gibt keinen Vermittler zwischen uns und Gott; kein Jesus ist für uns am Kreuze gestorben, kein Jesus ist für uns am Kreuze gestorben, kein Jesus ist für uns am Kreuze gestorben!"

Er schwieg.

Bei den letzten Worten hatte er sich über die Menge vorgebeugt und gleichsam mit Lippen und Händen seinen Ausspruch über ihre Häupter geschleudert, und ein Angststöhnen war durch die Kirche gegangen, und in den Winkeln hatten sie angefangen zu schluchzen.

Da drängte der Schlächter sich vor mit emporgehobenen, drohenden Händen, bleich wie eine Leiche, und schrie: „Mönch, Mönch, willst du ihn wieder ans Kreuz nageln, willst du!" — Und hinter ihm klang es zischend heiser: „Ja, ja, kreuzige, kreuzige ihn!" Und aus allen Mündern klang es drohend und gebieterisch in einem Sturm von Rufen zur Wölbung empor: „Kreuzige, kreuzige ihn."

Und klar und hell eine einzelne bebende Stimme: „Kreuzige ihn!"

Aber der Mönch blickte auf die emporgestreckten Hände nieder, auf die verzerrten Gesichter mit den dunklen Öffnungen der schreienden Lippen, wo die Zahnreihen weiß glänzten wie die Zähne gereizter Raubtiere, und in einem Augenblick der Ekstase breitete er die Arme zum Himmel empor und lachte. Dann stieg er herab, und seine Leute erhoben die Schwefelregen-Banner und ihre leeren, schwarzen Kreuze und drängten zur Kirche hinaus, und wieder zogen sie über den Markt und durch die Öffnung der Turmpforte.

Und die von Alt-Bergamo starrten ihnen nach, als sie den Berg hinabgingen. Der steile, von Mauern eingefriedete Weg war neblig vom Licht der Sonne, die draußen über der Ebene herabsank, aber auf der roten Ringmauer der Stadt zeichneten die Schatten ihrer großen Kreuze, die in dem Gedränge von einer Seite auf die andere schwankten, sich schwarz und scharf ab.

Ferner erklang der Gesang; rot leuchtete noch ein oder das andere Banner aus der rauchgeschwärzten Ödnis der neuen Stadt hervor, dann verschwanden sie in der lichten Ebene.

ENDE

Edgar Allan Poe

DIE MASKE
DES ROTEN TODES

(Übersetzung: Gisela Etzel)

LANGE schon wütete der *Rote Tod* im Lande; nie war eine Pest verheerender, nie eine Krankheit gräßlicher gewesen. Blut war der Anfang, Blut das Ende – überall das Rot und der Schrecken des Blutes. Mit stechenden Schmerzen und Schwindelanfällen setzte es ein, dann quoll Blut aus allen Poren, und das war der Beginn der Auflösung. Die scharlachroten Tupfen am ganzen Körper der unglücklichen Opfer – und besonders im Gesicht – waren des Roten Todes Bannsiegel, das die Gezeichneten von der Hilfe und der Teilnahme ihrer Mitmenschen ausschloß; und alles, vom ersten Anfall bis zum tödlichen Ende, war das Werk einer halben Stunde.

Prinz Prospero aber war fröhlich und unerschrocken und weise. Als sein Land schon zur Hälfte entvölkert war, erwählte er sich unter den Rittern und Damen des Hofes eine Gesellschaft von tausend heiteren und leichtlebigen Kameraden und zog sich mit ihnen in die stille Abgeschiedenheit einer befestigten Abtei zurück. Es war ein ausgedehnter prächtiger Bau, eine Schöpfung nach des Prinzen eigenem exzentrischen, aber vornehmen Geschmack. Das Ganze war von einer hohen, mächtigen Mauer umschlossen, die eiserne Tore hatte. Nachdem die Höflingsschar dort eingezogen war, brachten die Ritter Schmelzöfen und schwere Hämmer herbei und schmiedeten die Riegel der Tore fest. Es sollte weder für die draußen wütende Verzweiflung noch für ein etwaiges törichtes Verlangen der Eingeschlossenen eine Türe offen sein. Da die Abtei mit Proviant reichlich versehen war und alle erdenklichen Vorsichtsmaßregeln getroffen worden waren, glaubte die Gesellschaft der Pestgefahr Trotz bieten zu können. Die Welt da draußen mochte für sich selbst sorgen! Jedenfalls schien es unsinnig, sich vorläufig bangen Gedanken hinzugeben. Auch hatte der Prinz für allerlei Zerstreuungen Sorge getragen. Da waren Gaukler und Komödianten, Musikanten und Tänzer – da war Schönheit und Wein. All dies und dazu das Gefühl der Sicherheit war drinnen in der Festung – draußen war der Rote Tod.

Im fünften oder sechsten Monat der fröhlichen Zurückgezogenheit versammelte Prinz Prospero – während draußen die Pest noch mit ungebrochener Gewalt raste – seine tausend Freunde auf einem Maskenball mit unerhörter Pracht. Reichtum und zügellose Lust herrschten auf dem Feste. Doch ich will zunächst die Räumlichkeiten schildern, in denen das Fest abgehalten wurde.

Es waren sieben wahrhaft königliche Gemächer. Im allgemeinen bilden in den Palästen solche Festräume – da die Flügeltüren nach beiden Seiten bis an die Wand zurückgeschoben werden können – eine lange Zimmerflucht, die einen weiten Durchblick gewährt. Dies war hier jedoch nicht der Fall. Die Vorliebe des Prinzen für alles Absonderliche hatte die Gemächer vielmehr so angeordnet, daß man von jedem Standort immer nur einen Saal zu überschauen vermochte. Nach Durchquerung jedes Einzelraumes gelangte man an eine Biegung, und jede dieser Wendungen brachte ein neues Bild. In der Mitte jeder Seitenwand befand sich ein hohes, schmales gotisches Fenster, hinter dem eine schmale Galerie den Windungen der Zimmerflucht folgte. Diese Fenster hatten Scheiben aus Glasmosaik, dessen Farbe immer mit dem vorherrschenden Farbton des betreffenden Raumes übereinstimmte. Das am Ostende gelegene Zimmer zum Beispiel war in Blau gehalten, und so waren auch seine Fenster leuchtend blau. Das folgende Gemach war in Wandbekleidung und Ausstattung purpurn, und auch seine Fenster waren purpurn. Das dritte war ganz in Grün und hatte dementsprechend grüne Fensterscheiben. Das vierte war orangefarben eingerichtet und hatte orangefarbene Beleuchtung. Das fünfte war weiß, das sechste violett. Die Wände des siebenten Zimmers aber waren dicht mit schwarzem Samt bezogen, der sich auch über die Deckenwölbung spannte und in schweren Falten auf einen Teppich von gleichem Stoffe niederfiel. Und nur in diesem Raume glich die Farbe der Fenster nicht derjenigen der Dekoration: hier waren die Scheiben scharlachrot – wie Blut.

Nun waren sämtliche Gemächer zwar reich an goldenen Ziergegenständen, die an den Wänden entlang standen oder von der Decke herabhingen, kein einziges aber besaß einen Kandelaber oder Kronleuchter. Es gab weder Lampen- noch Kerzenlicht. Statt dessen war draußen auf der an den Zimmern hinlaufenden Galerie vor jedem Fenster ein schwerer Dreifuß aufgestellt, der ein kupfernes Feuerbecken trug, dessen Flamme ihren Schein durch das farbige Fenster hereinwarf und so den Raum schimmernd erhellte. Hierdurch wurden die phantastischsten Wirkungen erzielt. In dem westlichsten oder schwarzen Raum aber war der Glanz der Flammenglut, der durch die blutig roten Scheiben in die schwarzen Samtfalten fiel, so gespenstisch und gab den Gesichtern der hier Eintretenden ein derart erschreckendes Aussehen, daß nur wenige aus der Gesellschaft kühn genug waren, den Fuß über die Schwelle zu setzen.

In diesem Raum befand sich an der westlichen Wand auch eine hohe Standuhr in einem riesenhaften Ebenholzkasten. Ihr Pendel schwang mit dumpfem, wuchtigem, eintönigem Schlag hin und her; und wenn der Minutenzeiger seinen Kreislauf über das Zifferblatt beendet hatte und die Stunde schlug, so kam aus den ehernen Lungen der Uhr ein voller, tiefer, sonorer Ton, dessen Klang so sonderbar ernst und so feierlich war, daß bei jedem Stundenschlag die Musikanten des Orchesters, von einer unerklärlichen Gewalt gezwungen, ihr Spiel unterbrachen, um diesem Ton zu lauschen. So mußte der Tanz plötzlich aussetzen, und eine kurze Mißstimmung befiel die heitere Gesellschaft. So lange die Schläge der Uhr ertönten, sah man selbst die Fröhlichsten erbleichen, und die Älteren und Besonneneren strichen mit der Hand über die Stirn, als wollten sie wirre Traumbilder oder unliebsame Gedanken verscheuchen. Kaum aber war der letzte Nachhall verklungen, so durchlief ein lustiges Lachen die Versammlung. Die Musikanten schämten sich lächelnd ihrer Empfindsamkeit und Torheit, und flüsternd vereinbarten sie, daß der nächste Stundenschlag sie nicht wieder derart aus der Fassung bringen solle. Wenn aber nach wiederum sechzig Minuten (dreitausendsechshundert Sekunden der flüchtigen Zeit) die Uhr von neuem anschlug, trat dasselbe allgemeine Unbehagen ein, dasselbe Bangen und Sinnen wie vordem.

Doch wenn man hiervon absah, war es eine prächtige Lustbarkeit. Der Prinz hatte einen eigenartigen Geschmack bewiesen. Er hatte ein feines Empfinden für Farbenwirkungen. Alles Herkömmliche und Modische war ihm zuwider, er hatte seine eigenen kühnen Ideen, und seine Phantasie liebte seltsame glühende Bilder. Es gab Leute, die ihn für wahnsinnig hielten. Sein Gefolge aber wußte, daß er es nicht war. Doch man mußte ihn sehen und kennen, um dessen gewiß zu sein.

Die Einrichtung und Ausschmückung der sieben Gemächer war eigens für dieses Fest ganz nach den eigenen Angaben des Prinzen gemacht worden, und sein eigener merkwürdiger Geschmack hatte auch den Charakter der Maskerade bestimmt. Gewiß, sie war grotesk genug. Da gab es viel Prunkendes und Glitzerndes, viel Phantastisches und Pikantes. Da gab es Masken mit seltsam verrenkten Gliedmaßen, die Arabesken darstellen sollten, und andere, die man nur mit den Hirngespinsten eines Wahnsinnigen vergleichen konnte. Es gab viel Schönes und viel Üppiges, viel Übermütiges und viel Groteskes, und auch manch Schauriges – aber nichts, was irgendwie widerwärtig gewirkt hätte. In der Tat, es schien, als wogten in den sieben Gemächern eine Unzahl von Träumen durcheinander. Und diese Träume wanden sich durch die Säle, deren jeder sie mit seinem besonderen Licht umspielte, und die tollen Klänge des Orchesters schienen wie ein Echo ihres Schreitens. Von Zeit zu Zeit aber ertönten die Stunden der schwarzen Riesenuhr in dem Samtsaal, und eine kurze Weile herrschte eisiges Schweigen – nur die Stimme der Uhr erdröhnte. Die Träume erstarrten. Doch das Geläut verhallte – und ein leichtes halbunterdrücktes Lachen folgte seinem Verstummen. Die Musik rauschte wieder, die Träume belebten sich von neuem und wogten noch fröhlicher hin und her, farbig beglänzt durch das Strahlenlicht der Flammenbecken, das durch die vielen bunten Scheiben strömte. Aber in das westliche der sieben Gemächer wagte sich jetzt niemand mehr hinein, denn die Nacht war schon weit vorgeschritten, und greller noch floß das Licht durch die blutroten Scheiben und überflammte die Schwärze der düsteren Draperien; wer den Fuß hier auf den dunklen Teppich setzte, dem dröhnte das dumpfe, schwere Atmen der nahen Riesenuhr warnender, schauerlicher ins Ohr als all jenen, die sich in der Fröhlichkeit der anderen Gemächer umhertummelten.

Diese anderen Räume waren überfüllt, und in ihnen schlug fieberheiß das Herz des Lebens. Und der Trubel rauschte lärmend weiter, bis endlich die ferne Uhr mit zwölf Schlägen die Ankunft der Mitternacht verkündigte. Und die Musik verstummte, so wie früher; und der Tanz wurde jäh zerrissen, und wie früher trat ein plötzlicher unheimlicher Stillstand ein. Jetzt aber mußte der Schlag der Uhr zwölfmal ertönen; und daher kam es, daß jenen, die in diesem Kreis die Nachdenklichen waren, noch trübere Gedanken kamen, und daß ihre Versonnenheit noch länger andauerte. Und daher kam es wohl auch, daß, bevor noch der letzte Nachhall des letzten Stundenschlages erstorben war, manch einer Muße genug gefunden hatte, eine Maske zu bemerken, die bisher noch keinem aufgefallen war. Das Gerücht von dieser neuen Erscheinung sprach sich flüsternd herum, und es erhob sich in der ganzen Versammlung ein Summen und Murren des Unwillens und der Entrüstung – das schließlich zu Lauten des Schreckens, des Entsetzens und höchsten Abscheus anwuchs.

Man kann sich denken, daß es keine gewöhnliche Erscheinung war, die den Unwillen einer so toleranten Gesellschaft erregen konnte. Man hatte in dieser Nacht der Maskenfreiheit zwar sehr weite Grenzen gezogen, doch die fragliche Gestalt war in der Tat zu weit gegangen – über die großzügige Duldsamkeit des Prinzen hinaus. Auch in den Herzen der Übermütigsten gibt es Saiten, die nicht berührt werden dürfen, und selbst für die Verstocktesten, denen Leben und Tod nur Spiel ist, gibt es Dinge, mit denen sie nicht Scherz treiben lassen. Einmütig schien die Gesellschaft zu empfinden, daß in Tracht und Benehmen der befremdenden Gestalt weder Witz noch Anstand sei. Lang und hager war die Erscheinung, von Kopf zu Fuß in Leichentücher gehüllt. Die Maske, die das Gesicht verbarg, war dem Antlitz eines Toten täuschend echt nachgebildet. Und doch, all dies hätten die tollen Gäste des tollen Gastgebers, wenn es ihnen auch nicht gefiel, noch hingehen lassen. Aber der Verwegene war so weit gegangen, die Gestalt des *Roten Todes* darzustellen. Sein Gewand war mit Blut besudelt, und seine breite Stirn, das ganze Gesicht sogar, war mit dem scharlachroten Todessiegel gefleckt.

Als die Blicke des Prinzen Prospero diese Gespenstergestalt entdeckten, die, um ihre Rolle noch wirkungsvoller zu spielen, sich langsam und feierlich durch die Reihen der Tanzenden bewegte, sah man, wie er im ersten Augenblick von einem Schauer des Entsetzens oder des Widerwillens geschüttelt wurde; im nächsten Moment aber rötete sich seine Stirn im Zorne.

„Wer wagt es", fragte er mit rauher Stimme die Höflinge an seiner Seite, „wer wagt es, uns durch solch gotteslästerlichen Hohn zu empören? Ergreift und demaskiert ihn, damit wir wissen, wer es ist, der bei Sonnenaufgang an den Zinnen des Schlosses aufgeknüpft werden wird!"

Es war in dem östlichen, dem blauen Zimmer, in dem Prinz Prospero diese Worte rief. Sie hallten laut und deutlich durch alle sieben Gemächer – denn der Prinz war ein kräftiger und kühner Mann, und die Musik war durch eine Bewegung seiner Hand zum Schweigen gebracht worden.

Das blaue Zimmer war es, in dem der Prinz stand, umgeben von einer Gruppe bleicher Höflinge. Sein Befehl brachte Bewegung in die Höflingsschar, als wolle man den Eindringling angreifen, der gerade jetzt ganz in der Nähe war und mit würdevoll gemessenem Schritt dem Sprecher näher trat. Doch das namenlose Grauen, das die wahnwitzige Vermessenheit des Vermummten allen eingeflößt hatte, war so stark, daß keiner die Hand ausstreckte, um ihn aufzuhalten. Ungehindert kam er bis dicht an den Prinzen heran – und während die zahlreiche Versammlung zu Tode entsetzt zur Seite wich und sich in allen Gemächern bis an die Wand zurückdrängte, ging er unangefochten seines Weges, mit den selben feierlichen und gemessenen Schritten wie zu Beginn. Und er schritt von dem blauen Zimmer in das purpurrote – von dem purpurroten in das grüne – von dem grünen in das orangefarbene – und aus diesem in das weiße – und weiter noch in das violette Zimmer, ehe eine entscheidende Bewegung gemacht wurde, um ihn aufzuhalten. Dann aber war es Prinz Prospero, der rasend vor Zorn und Scham über seine eigene unbegreifliche Feigheit die sechs Zimmer durcheilte – er allein, denn von den andern vermochte infolge des tödlichen

Schreckens kein einziger ihm zu folgen. Den Dolch in der erhobenen Hand war er in wildem Ungestüm der weiterschreitenden Gestalt bis auf drei oder vier Schritte nahe gekommen, als diese, die jetzt das Ende des Samtgemaches erreicht hatte, sich plötzlich umwandte und dem Verfolger gegenüberstand. Man hörte einen durchdringenden Schrei, der Dolch fiel blitzend auf den schwarzen Teppich, und im nächsten Augenblick sank auch Prinz Prospero im Todeskampf zu Boden.

Nun stürzten mit dem Mute der Verzweiflung einige der Gäste in das schwarze Gemach und ergriffen den Vermummten, dessen hohe Gestalt aufrecht und regungslos im Schatten der schwarzen Uhr stand. Doch unbeschreiblich war das Grauen, das sie befiel, als sie in den Leichentüchern und hinter der Leichenmaske, die sie mit festem Griff packten, nichts Greifbares fanden – sie waren *leer* ...

Und nun erkannte man die Gegenwart des Roten Todes. Er war gekommen wie ein Dieb in der Nacht. Und einer nach dem andern sanken die Festgenossen in den blutbetauten Hallen ihrer Lust zu Boden und starben – ein jeder in der verzerrten Lage, in der er verzweifelnd niedergefallen war. Und das Leben in der Ebenholzuhr erlosch mit dem Leben des letzten der Fröhlichen. Und die Gluten in den Kupferpfannen verglommen. Und unbeschränkt herrschte über alles mit Finsternis und Verwesung der Rote Tod.

ENDE